肖韶光　主编

TIAN ZHIYU

天之玉

吉林人民出版社

图书在版编目（CIP）数据

天之玉 / 肖韶光主编 . -- 长春：吉林人民出版社，
2023. 12

ISBN 978-7-206-20795-2

Ⅰ. ①天… Ⅱ. ①肖… Ⅲ. ①散文集-中国-当代
Ⅳ. ①I267

中国国家版本馆 CIP 数据核字（2023）第 255605 号

天之玉

TIAN ZHI YU

主　　编：肖韶光
责任编辑：江　雪
出版发行：吉林人民出版社（长春市人民大街 7548 号　邮政编码：130022）
印　　刷：长春市华远印务有限公司
开　　本：787mm×1092mm　1/16
印　　张：12.25　　　　　　　字　　数：245 千字
标准书号：ISBN 978-7-206-20795-2
版　　次：2023 年 12 月第 1 版　　　印　　次：2023 年 12 月第 1 次印刷
定　　价：68.00 元

天玉名山　颜伟／摄

天玉镇全景　天玉镇政府供图

临江古窑　罗军／摄

古窑遗址　罗军／摄

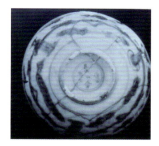

出土明青花瓷碗　罗军／摄

出土明仿龙泉豆青盅　罗军／摄

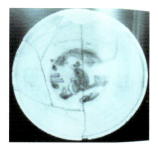

出土明青花瓷碗　罗军／摄

遗址作坊　罗军／摄

胡广像 罗军/摄　　　　　　　状元第（胡广公祠）罗军/摄

胡广手迹：题洪崖诗 罗军/摄

铜壶滴漏　颜伟／摄

徐家大院陶洲别墅　颜伟／摄

天玉古民居　颜伟／摄

天玉镇政府办公楼　罗军／摄

校园活动　龙振基／摄

流坊花木苗木基地——大棚　龙振基／摄

天玉红芽芋　龙振基／摄

油豆腐制作　龙振基／摄　　　　　　油豆腐　龙振基／摄

金花节剪影　天玉镇政府供图

《天之玉》编委会

卷首语

肖韶光

　　明朝状元、文渊阁大学士胡广，那年以扛鼎拔山之势，覆地翻天，硬是将其家乡的"天狱山"易名为"天玉山"。一下从地狱跃上天堂，天玉——天之玉也！

　　天玉，以43%覆盖率的2.8万亩绿林，像一块硕大的青翠悦目、让人心醉的祖母绿，镶嵌在31.7平方公里之上。

　　天玉名山，横空出世，道观圣地，香火不息。重臣名贤留诗，游圣霞客有记。

　　内阁首辅胡广，玉树临风，荣禄大夫，太子少师，谥号文穆。

　　唐代唢呐，"非遗"传世；临江古窑，"南窑瑰宝"。

　　徐家大院，构架恢宏，整齐划一的十八幢民居，尽显清末建筑的瑰丽。

　　铜壶滴漏声透远，红军洞尽酿映山红……

　　金风玉露时节，行吟在天玉大地，如痴如醉。站立在天玉山俯瞰，满垅满垅的金玉，一派丰收景象；大大小小村落，犹如五颜六色的大珠小珠，散落玉盘，光彩夺目；天玉原地盘上如雨后春笋般的一幢幢高楼大厦，在青原工业园区，似擎天玉柱，拔地而立。孩童和大人们的笑声似敲冰戛玉，如鸣佩环。那是天玉人发出的纯美之音。

玉在古人心目中是一个美好、高尚的字眼，是和谐的物化表示，是高贵和纯洁的象征。天玉人有如玉之美，美在德行与灵性，有玉的温润、玉的细腻、玉的淡定与从容。尽管这个世界日新月异，但玉的那种宁碎不折、温润谦和的积极人文精神，不断激励着天玉人前进。天玉人正以璞石成玉精神，踔厉奋发，在新时代拼命打造"天之玉"似的美好家园。

目录
CONTENTS

六、民物风俗

天之玉
Chapter
01

山水之胜

以山水之名

我以山水之名，写下天玉以及天玉生活的人们。

——题记

一个地方能够用独具本地特色的山、水来命名，显然是十分幸运的，说明这个地方的人民有着大自然永久的恩赐。

我不知道青原区天玉镇原先的"临江"命名源于何时，但我知道，"临江"一词并没有什么高深的寓意，它只不过是这个地方与水相邻相近的意思，而这里的"水"，就是八百里赣江，"临江"地名由此而来。

我相信，临江人民与赣江的感情十分复杂。常识是，临江之地既有水利之得，同时也会有水害之失，像我们的祖先创造"太极"的黑白两眼，有着哲学上的辩证关系。在那个科技与生产力不发达的时代，一条穿境而过的大江，就具有农商财富象征：渔业、灌溉与水上运输。可以想象，赣江带给临江人民既有欢喜也有忧伤，充满着一样的爱恨与情仇。

临江，原属有"五里三状元，隔河两宰相"之誉的吉水县辖区的一个乡。人文底蕴深厚的吉水，将临江冠名为"临江"，其用意显而易见。

老子《道德经》云："上善若水。水善利万物而不争，处众人之所恶，故几于道。居善地，心善渊，与善仁，言善信，政善治，事善能，动善时。夫唯不争，故无尤。"是故，水有择机变化之端，人有顺势而为之性。

于是乎，在 1984 年，吉水县临江乡更名为天玉乡。

1987 年，吉安地区行政区域调整，天玉脱离吉水划归原吉安地区吉安市管辖。为了适应改革开放与地方经济发展，带动赣江两岸经济，2000 年，吉安地区撤地设市，天玉再次调整划为吉安市青原区管辖的建制镇。

　　由临江更名为天玉，到由吉水划归县级吉安市，再划归吉安市青原区管辖，正体现了临江之地的水性之变。赣江的航运功能随着时代变化不断萎靡，而陆路运输已日见强大。不能忽视的是，还有航空运输。京九铁路、浩吉铁路、105 国道无一不与那个名为临江（天玉）的地方相牵扯，一切都在变化中。基于此，临江被更名为"天玉"，是随时势而变的。

　　天玉，其实是一座高山之名——天玉山。临江由水名转变为天玉山名，是否有"柔"向"刚"转化，抑或包含"刚柔"相济的意思？

　　天玉山不但风景优美，而且还是一座道教名山，有着历史悠久的宗教文化底蕴。明清两朝庐陵籍文人名士留下不少有关天玉山的诗文，更添天玉山的荣光与神秘。

　　立于天玉山顶，环视周围群山，青山如翠，如泉涌浪奔。山的西麓有一处高岩，常年有飞瀑溅落于岩下潭穴，发出铜鼓之音，当地人称此景为"铜壶滴漏"，一直以来对外津津乐道甚至喋喋不休。新中国成立初期，为备战备荒、反修防修，山场至今还留存当年修建的隐秘武装训练设施，为中国人民的豪迈气概留下了重要见证。

　　当地介绍，天玉山曾经有一古刹，名曰"天狱名观"，据说始建于隋唐时期。朝代与世纪的更替，无论人的生命还是建筑事物，都难以摆脱生与死、兴与衰的历史命运和规律，天玉山的道观也一样。我眼前的那座"天玉名山"（非天狱名观）道观，依然可以看出曾经的沧桑，它十分简陋、粗糙，甚至有些不伦不类，与天玉山的历史与名气极不相称，昔日的辉煌已不再。若非道观门楣书有"悟道在心"，我还以为是乡间一普通的"社官"庙。唯一能与天玉山相称的是"天玉名山""悟道在心"的横额书法字，有着书法传统的历史庄严与古朴劲道，给我留下深刻的印象。

　　天玉山的神话传说很多，大明王朝本地胡家边村上出了个状元胡广，官也做得很大，他觉得"天狱山"的叫法不妥，于是更名"天玉山"，状元的权威性，之后没有谁敢妄加篡改。至此，传说中的"天狱山"神话似乎宣告

结束。

据光绪《吉水县志》记载，唐乾符年间（874—879）黄巢作乱，有贼寇群伙向吉水进犯，主管吉水的解世隆（解缙先祖）正组织防御，不一会儿，又报贼寇自行退去，不复来犯。原来贼寇途经天玉山时，寇首听闻"天狱"山名由来，顿觉出师不吉喝令退兵，由是吉水免遭一场兵祸。

我相信，有关"天狱"山的神话传说，唯有这个故事是真实的。

天玉山的隐秘神话已不足道，时代发展的脚步永不停留，就像我无数次穿过天玉镇中心的 105 国道，无形印迹跟随天玉变化的有形节奏，与天玉人民在山与水之间写下篇章。

我记得在吉水县林业部门工作期间，县交通局反映国家重点项目——浩吉铁路征用林地时遇到林地权属纠纷，纠纷主体分别是位于 105 国道旁的吉水县文峰镇砖门村与青原区天玉镇邱家村，属于跨县纠纷，征地工作遇到困难，要求请示市林业局派人协调解决。

我去征地现场了解的情况并非林地所有权纠纷，而是承包合同林地使用权纠纷。林地权属属于文峰镇砖门村，纠纷双方并无异议。砖门村邱姓户因为在该林地种了 25 亩梨树，承包给相邻的天玉镇邱家邱姓户，合同承包期限未到期还有十年，征地必将给承包人带来经营损失，承包户要求从发包户政府征地补偿款中得到合同未到期的经济损失。

我同砖门村邱姓户做思想工作，又从法律角度解释对方天玉镇邱姓户提出的补偿要求合理合法。

约好纠纷双方见面，我要求双方要服从国家重点工程建设大局，分析和阐明承包合同双方权利、义务，然后从法律角度提出一个参考的补偿方案，希望他们从同祖同宗兄弟关系出发，参考补偿意见自行协商解决。我还告知他们，如果协商不成，任何一方都可以向法院提起诉讼。

去过两次之后，我就再没听到县交通局征用此块林地遇阻力，也就是说，跨县纠纷双方已自行协商解决。

天玉与文峰相邻，车水马龙的 105 国道穿境而过。经济学界有一个时髦新词叫"马路经济"，就是依托便利的交通和流动的人群，在马路两旁发展地方经济。显见，105 国道两旁土地早已是寸土寸金。土地权属纷争，不但天玉、文峰两镇内部村子间会发生，就是两镇之间相邻村子也常有发生。

记得是2014年，还是天玉镇邱家村和文峰镇砖门村，因为105国道边相邻村民建房用地产生争执，发生过伤人事件，邱家村民将砖门村支部书记给伤了，原因是双方争地时砖门村支书出言不逊，惹怒邱家村民。砖门村放话，要组织村民到天玉镇政府，此事上报到吉安市政府要求解决。市政府指示要市林业局牵头，约请青原区和吉水县派专业调解人员到实地调查解决。在市林业局牵头下，青原区、吉水县双方分别到村里调查起因、收集和查实证据、勘查现场，然后约定双方村民代表到市林业局协商解决纷争，双方接受市林业局调解方案，再根据调解方案到现场划定权属界址，设定界标。整个调解过程，双方都很冷静、理智，不争不吵、服从大局。一个最大的原因就是，天玉镇邱姓是从文峰镇砖门村邱姓分出去的。我们开玩笑对争议双方村民代表说，同一根"马鞭"生出来的两村邱姓因为一块巴掌大的土地，闹得市、区、县不得安宁，真是家门不幸惹人笑话，自家人嘛，都退让一步不就是？今后请不要再发生类似事件。协商会上，天玉镇邱姓村民也表示了歉意，争议得到顺利解决。

中华文明之所以几千年延续至今而不消亡，我认为与农耕文明的存在关联甚密。只要农村不消亡，农耕文明也就永远存在，它有一条家族血缘关系的纽带，讲究伦常天理。"伦常乖舛，立见消亡；德不配位，必有灾殃。"因此，有农耕文明存在，农村就成了国家的大后方，就有源源不断的活力。

其实，我也是在农村出生长大。父母没什么文化，他们不会教我"父子有亲、君臣有义、夫妇有别、长幼有序、朋友有信"五伦之类，我只是受到他们所作所为的影响，从小潜移默化。

记得20世纪80年代求学时的暑期，我无数次从吉水搭班车去吉安，有一次突然心血来潮，车未到终点，我就在中途天玉下了班车，去看望当时在天玉乡工作的堂姐。我找到她的住处，敲开门见她身穿产妇装。她笑对我说："昨晚刚生产，你怎么会想到来天玉看我？"我说是临时起意下车的，怎会这么巧，全家族就我先看到外甥出世的？这时我想到应该去买点什么，于是急忙跑到天玉街上买了个大西瓜抱到堂姐住处。堂姐说原来我出去是买西瓜，我说是。我洗净后找刀切好，将瓜递过去，堂姐却说，产妇不能吃西瓜，让

我快吃。

多年后，我们家族聚在一起，每说到此事，大家就笑我，我就说，"我哪知道女人产后不能吃西瓜"。堂姐说，这个西瓜表示你这个老弟有情义。堂姐的理解，我很得意。

现在，外甥长大了，堂姐也退休在家带她的孙儿们了。又巧的是，外甥现在也在青原区乡镇政府工作。就青原区范围来说，说不定他哪一天就有转回天玉镇工作的可能。我相信，有家庭教育熏陶，他会尽心尽意为天玉的发展添砖加瓦。

天玉，你的未来可期。而我作为一个旁观者，将一如既往地默默关注你。

（张水华）

青原山探幽

　　这座山，被"明末四公子"之一的方以智（1611—1671）描述成"自螺川而望东南，其青青者，皆青原也"。螺川，赣江吉安段的别称，因城北临江有螺子山而名。而方以智撰写《青原山水约记》时，身份已是禅宗七祖道场青原山净居寺的住持，法名药地大智。这位宁死不事清的明末才子于1664年入主青原法席，六年间，除了使祖庭声名重振，他还引来施闰章、李元鼎、毛奇龄等名流隐士游历记述青原山水，其本人亦留下了《青原得瀑记》《青又记》《青原漫兴》《游洞岩朱陵观用戎昱阁寀入道韵》等诸多诗文和"天在山中"等崖刻。这些诗文集萃于他补辑修成的《青原志略》里。

　　方以智、施闰章等先贤的诗文除了记录享誉吉安的净居寺、阳明书院，还描述了青又庵、漱青峡、小三叠、定慧庵等自然人文景观。只是后者，三百余年后多半隐逸于泛黄的文字里。

　　"一径穿云万木深，高崖曲槛尽萧森。"今之青原山，固然已辟建为景区，且游人如织，但受山林管理体制等诸多因素影响，山之纵深的诸多历史人文和自然景观未能纳入景区范围，它们沉寂于苍莽的山林。

　　净居寺门前由左而右的溪流，今冠名禅溪。溯溪而上，分别是钓台、长潭、长坑。方以智如是描述："两崖如峡，天为之小。鸟道逶迤，白云生焉。"借此山形水势，20世纪70年代，地方政府组织民众修建有油箩坑水库，库名状物而得，其坝高悬且呈彩虹造型。古人"萦涧而行"，"右穷则渡涧而左，左穷则渡涧而右"。除了山门右侧的老桥迎风桥、待月桥，今景区沿禅溪新建

多座桥，分别按净居寺谱系命名为石头桥、惟信桥、笑峰桥、大智桥，印证青原法脉传承，故坝冠名大鉴桥，寓意法系源头。生态修复缘故，水库开闸放水，露出库底游线。辛丑立冬，我与友人学效先贤，至此循涧而游，竟也探得一番快意。

时而借石渡涧，时而穿越涧岸丛林，如药公所述，"转数曲为漱青峡，溪中有方石如棋盘"，药公的前任住持笑峰大然禅师当年"常坐此终日"。友人欣然跃上棋盘，讲述志书所记轶事。极目四望，发现天开阔了许多，峡为两溪交汇之地。方以智《青又记》记载："溪之源三，一出千佛楼，一出谢坪，青又庵，其一也。"作为百科全书式的药公，早在三百多年前便为我们考究出了青原禅溪的三处源头。享其成果，我依场景判断，交汇两溪左应连千佛楼和谢坪，右应连青又庵。电话询问当地天玉岭上村干部，回答竟不知有千佛楼和谢坪地名。

时峡水流浅缓，有沙石淤积。南岸草木掩映，有两块崖石峭立，睹之，眼目为之一亮。崖刻一为志书所记方以智所题"漱青"二字，每字掌面大小，上下镌刻，虽石生裂隙，面存褐苔，仍依稀可辨；一为药公次子方中通所书崖刻，由上而下、自右至左摩刻"乙巳腊月七日施闰章愚者弘智胡以宁毛甡方中通堵凤蒸同游方中通书"。乙巳为1665年。这段文字铭记了1665年腊月方以智父子与友人的一段美好出游。当年方中履、方中通兄弟曾随父入住青原山，侍奉父亲前后，研习诗书佛经，造诣颇深。而施闰章、胡万咸、毛奇龄、堵子威等贤士也借此崖名留青山。我想，这该是大自然和历史的一次邀约。

毛奇龄有诗：盘溪三十渡，总在碧云中。我与友人近些年数次在这山中游历采风，不曾觅得"漱青"二字。既然今次有缘，我想探得小三叠应在意料之中。果不其然，我们的愿望实现了。

对照古籍所绘山水坐标，我们很快找得小三叠位置。其实就在林区车道附近。茂密的杉树林和野生灌木阻挡着行人的视线。遇着久旱缺水，涧流无声，更是不引人注意。友人所带的刀具发挥了辟路见景作用。此兄本属猴，更显现出一种与山林的天然亲近。

沿溪而上，眼前忽现一面古褐色悬崖，往上细观，一层、两层、三层，所谓三叠也，有细流淅沥而下。1668年初夏，74岁的吉水谷村名宦李元鼎与药公优游山中，写下《青原山观瀑小记》。他如是描述：

> 再行里许，灌莽骈织，泉流汩汩，知瀑不远。忽闻崖上声振林木，盖侍者爆竹以驱山兽者也。舍舆，同药公步而上，则小三叠石刻卓岩间。泉从上落，三折而益大。下有小潭承之，珠散壁沥，雨骤风掀，具体而微。离瀑不二三尺，有石插出如砥。同药公坐其上，啜茗听泉，冷翠侵人。药公曰："未也，其上犹有三叠焉，视此较小，为虎所踞。"急遣侍者从人先登，皆有怖色，乃纵火焚之。

友人从旁荆丛攀上十余米高的崖台，我观之如猿猴。再往上攀，只能听得其声："上面还有三叠。"印证药公所言。又听得其呼："哇！老虎洞。"惜我未能同攀一睹。李公记言："旁有虎洞，洞可容十余人。光润净彻，为虎居无疑。有三古树，箝洞参天。洞若借抵于树然者。寿藤怪松，纷亚披覆，真胜境哉！虎能让，以快游人，虎亦韵矣。"我相信并赞服于李公的精美描述。只是可幸又可憾，今没了老虎，轮得友人这只猴子充霸王。李元鼎老人曾题一绝于崖石："青原瀑布护苍苔，谁向山泉辟草莱。莫谓老人难济胜，扶筇亲到上头来。"一个可爱可敬的老头跃然诗行。"开径人何在，题诗壁可传。"不知此诗刻石否？这首诗，连同药公所刻"小三叠"，我们此次都未能找着。

小三叠瀑流从千佛楼溪而来。方以智在《青原得瀑记》中记载了瀑布得名由来：

> 愚山兴爆发，从险崖攀葛以上，诸客徐徐集。见愚山踞崖采水而嚼之。飘飘乎仙哉！共拟何名？以其石莹，宜名玉井；似莲花漏，宜名玉漏；上有崖穴，古枫掌之，宜名枫崖。愚山曰："实三叠也，以让庐山五老，应目之为小三叠。"客争赋诗。

施闰章号愚山，方以智号愚者。1666年夏，这两位安徽老乡再次携手游青原深山，同游者有沈治先、杨商贤、温玉山、徐伯调、吴舫翁、郭入峒、丘福臣、林祖涵。

这么多的名流雅士集聚青原山，是山水的魅力，是文化的力量！仅《青原志略》就收集了黄庭坚、李纲、胡铨、杨万里、文天祥、解缙等唐宋以来名家的诗文五百多篇。青原山，宝藏也！

　　壬寅初春，阴雨连连。恰逢雨水节气，我与友人约上媒体建华兄再游小三叠。那刻，瀑如白练，水雾浸涌，轰然壮观。建华兄启动无人机拍摄了诸多实景，连呼不虚此行。

　　"青原青未了，把臂入林深。"青又庵是我和友人辛丑探得的又一处人文遗址。位于今市林科所工区用房旁，一溪之隔。施闰章在《游青又记》中写道："枕青原而夹出山谷者为青又，予闻之药公，以其山缅邈不尽，故名。"今址存故基残垣，古木遮蔽，古藤缠连，古风浩然。净居寺高僧妙安方丈率众僧徒实地勘查确认，现已与林区协商，仿前人辟园种茶。

　　历史为我们沉淀了诸多遗址，唯有大自然努力保持着青葱的原野生态。怀抱，是一种保护，也是一份大爱。

　　有道是："山之幽，固不可胜穷也。"譬如千佛楼，譬如谢坪，譬如堪庵，譬如"关门"，皆如淘宝，留待他日再访。连天都在山中，人何其微微也。

（罗志强）

未名之溪

　　北大校园有湖名"未名湖"，唤其"未名"，实则有名，且名扬天下。细细琢磨，一来它落得一个好出处，百年名校，休说偌大湖泊，即便一介草木，也当风光占尽；二来有钱穆等众多大师光顾，他们自由、深邃而悠远的思想早已幻化成湖中的鱼儿，在学识的国度里轻灵地游弋。如此，便不在乎名的虚与实了。

　　由大雅之堂而入山野之地，我便遇着了这样一条未名之溪。它发源于青原天玉山系的虎形山脚，一路曲折迂回，直抵赣江，颠覆了我小溪入小河再入大江的臆想。

　　这泓小溪先流经一处叫桥上的村庄。桥上因村头有座名为蓝桥的古代红石拱桥而名。这座桥建于何时已无从考究，却如一拱遗落人间的彩虹，别样精致，桥面由鹅卵石、青石板铺就，行走其上，颇有番江南水巷味道。只可惜四向民房逼仄挤压，在这狭窄的空间里，已无人在意这蓝桥的曾经和价值。

　　于是，这小溪便有了名称，曰"蓝溪"。这是我几番打探后所得，我甚至在想象这蓝桥与经典电影《魂断蓝桥》中的蓝桥的关联了。但很快，又被友人的考证打断了。小溪源头山脚曾长有一丛丛兰花，故溪名应叫"兰溪"。"蓝"也好，"兰"也罢，因无文字记载，只能任由他人去猜测和想象了。好在这两个同音字蕴意均佳。"蓝"是永恒的象征，或许若干年前这里真发生过什么动人的故事。而"兰"，这美妙的植物，直接给人一种高洁典雅之感，不仅仅是纯洁的爱情的表达。

无文字处我们可以自由争鸣、畅想，而有文字处则只能敬重、仰望。无独有"三"，这泓小溪之上还有两座单拱桥梁，由青砖砌就。按当地人的叫法，一名新桥，一名乐善桥。存业时间虽不久远，却也已百年。桥基嵌立有石碑，铭刻着当年的建桥功德。碑面虽已斑驳，却能准确辨识。或堂名，或人名，金额均以"千文"为单位。有意思的是，善捐人名后均加署"君"字，或是对那个时代的仁心善举的褒奖。刘姓、胡姓、肖姓，生活在此的各姓子孙若想秉承先人的传统道义，这桥、这碑便是最好的教本。

由桥至溪，我渐次觅得这溪的点滴人文了。如此气息在溪的下游似乎更浓、更厚。

小溪流经同属天玉的塘尾、平湖，绕弯河东的庄塘，又返经天玉田心、临江而入赣江。濒临赣江的缘故，这溪的走势似乎有些肆意，逶迤中显出洒脱。这未名之溪恰如那些未名之人，自由自在、毫无拘束，谁又会在乎它的名号？

诚如"未名"也是名，小溪下游流经一处名"草坪"的村落，权且随人唤其草坪溪。此时的草坪溪，与溪旁因城市扩张修建的沥青大道比，显得别样冷落单瘦，但谁都抹去不了它的历史痕迹与岁月沧桑。

这条小溪与通往吉安老城的古驿道有幸交叉相遇。说是驿道，也是官道，古时多少达官贵人经此南来北往。曾经徐霞客便是由此而过，继而登天玉山，游访水南、泷江。更值一提的是，离溪不远的胡家边村，明朝曾出了个状元胡广。

初冬的田园已显荒芜，除了附近农户栽种的蔬菜透出些新鲜绿意，眼前找不到几处夺人眼目的景致来。溪水滞流，原因在于峡江拦坝、赣江蓄水，让人怀恋起这溪的活力与执着。古道已沦为一般田埂，若非瞥见那些若隐若现的铺路卵石，实难断定这路的久远与辉煌。

桥是连接历史与当下的通道。我只能这样说。随着城市发展，桥的未来会怎样，我不敢猜想。我只将今世与之相遇当作幸事。这草坪溪上的王家桥远比蓝溪之上的蓝桥雄阔、古老。或许是官道与民道的区别，衍生出这桥与桥的规制差别。一尊铁铸龙头嵌于桥拱上侧，面向上游溪水，似要逆流而上。当然，它更想的是吞纳暴雨山洪，保一方风调雨顺。这桥，不去寻访也是不知其名称的，如今我记住了它，与王姓有关。

循溪而下，抵近江边的一座彭姓村庄，我遇见一棵奇特的古樟。这棵几人合抱粗的樟树，经历数百年的风雨雷电，大半躯干已经残缺，靠着单边的肢体顽强地支撑，向上伸展着生命的绿色。她的面容如百岁老人。不，百岁老人还远不如她这般苍老道劲。她被彭家人视为老祖宗。临江彭姓连同刘姓、蒋姓等村落，因滨江低洼，均已搬迁至一里外地势较高的国道两侧。恰遇菜地劳作准备归家的彭家主妇，这位年过 60 的大嫂伤感地告诉我：前些年村中被人挖走 8 棵古樟，结果连损了 4 个男丁。这棵古樟谁敢动呐？其言辞里除了愤恨、无奈，还有什么？敬之如神，我触摸到了一位村妇的心中信仰。

溪流终归江河大海。尽管它名蓝溪、兰溪或草坪溪，但相较那些教科书里的、风景名胜区里的、媒体声声相传的，它终是未名之溪。但它始终浇灌着两岸的田野村庄，始终保持着自己奔向江河大海的方向，即便路途遥远曲折。

从未名之溪，到未名之桥，到未名之樟，在众多的小溪之畔，又有多少古桥、古樟、古道被自然和历史散落尘间而渐次遗忘。只是这山野之地尽是未名之人，否则，这溪、这桥恐怕早已如北大的"未名湖"般命名为"未名溪""未名桥"了。

人言：山以人名，人因山高。世上又有几所北大？世间又有几位真大师？其实，我们更应看重的是这自然和历史的本真和过往。如果我们能于此心存些敬畏和感恩，便不枉做一介草民。

信不信，世间真正的好风光尽在山野，俱在心田。

（罗志强）

吉安有座天玉山

　　夏日的黎明，站在吉安市赣江西岸，倚栏眺望东方，别有一番景致。近处的江面上，碧波荡漾，渔舟穿梭，白鹭斜飞，令人恬静、淡泊。遥远的天边，群山连绵，雾霭缭绕，云彩斑斓，变化无穷，又令人遐思和浮想联翩……

　　有摄影人发现，在帝景湾小区的码头处，正对面的山脉酷似一位仰卧江面、洗濯长发的美少女。最高的山峦好似美少女的头部，高低错落的山峰把美女灵动的眼睛、纤巧的鼻子、微翘的嘴巴一一凸显，惟妙惟肖，栩栩如生。那连绵起伏的山脉又酷似美少女那修长而又丰腴的身材，绰约多姿，楚楚动人。当朝霞宛如飘逸的彩缎萦绕山峦，远山更显妩媚，有人说像贵妃醉酒，有人说像仙女出浴，总是让人赞叹不已，如痴如醉，长看不厌……好一座"美人山"！

　　"美人山"叫什么名字？属于哪个地界呢？我问江边的钓鱼人。"那是天玉山。吉安市青原区天玉镇的，过去属吉水县管辖……"钓鱼的老陈答道。

　　"哦，原来这就是天玉山呀？"我有些惊喜。

　　天玉山，我是知道的，去年爬过。记忆中的天玉山离市区有一段很远的路，真不知道换一个视角看山，她就屹立在我的眼前，更不知道遥看天玉山她是如此美丽动人。

　　天玉山，坐落于天玉镇的背面，海拔 559.5 米。虽说天玉山的知名度远不及青原区境内的佛教圣地青原山和有东井冈之称的东固山，然而此山在吉安也是小有名气的，正如吉安没有人不知螺子山和神冈山一样，天玉山也是家喻户晓的。我知道，但凡名山都有传奇故事和名人游览、歌咏的，天玉山也是有的。

吉水县地名志介绍：天玉山，过去叫"天狱山"，相传为天庭囚禁魔鬼的地方，古代俗称"天狱鬼监"。据说人们站在山顶的一块平地处，用力踩脚，会听到一种"咚、咚"的声音从山里传出，在山谷中回荡，令人惊讶万分，毛骨悚然，敬畏天地、敬畏鬼神之情油然而生。正因恐惧，当地的村民不太喜欢"天狱"这一地名，希望能有一个代表吉祥、美好的山名。然而，地名不是老百姓说改就能改的，它需要官方的认同。

直到明朝时期，"天狱"乡出了一个状元、文渊阁大学士胡广，他才依谐音将"天狱山"改为"天玉山"，并报官府认可。从此，人们便叫它为"天玉山"了。"天玉山"与"天狱山"，一字之差，似乎地狱变天堂，让当地人不觉恐怖，而且心生向往。天玉山的名字，也与山的秀丽相匹配了。

天玉山离市区路途不远，可谓风景优雅，闹中取静，是吉安人半日游的好去处。一年初夏，我和妻子登过天玉山。那天上午九点钟，我们驾车从吉州区天龙花园的家中出发，一路导航过去，二十多分钟便到达山下。期间，我们穿过了村庄、田野、森林，爬了一段山路……走入一个山坳，看见山坳路边的古树上挂满了祭祀用的红色布幡时，我感觉天玉山就在眼前。

我停下车，妻子向一个正在园中莳菜的农人打听道："天玉山还有多远？"农人友好地看了看我们一眼，答道："这就是天玉山。你们拐过这个山坳，爬一段山路，便是天玉山顶啦。"这么快就到了天玉山的半山腰？这得益于新农村建设的成效，村村都通了水泥路。

上山前我查询了一下游览指导，天玉山上除了早晚美丽的霞光和四季不同的自然景色外，主要景观有两处：一处是道观——"天玉名观"；另一处是小瀑布——"铜壶滴漏"。

汽车不能走了，只能沿山路步行。天空很蓝，云朵很白，太阳有些刺眼，知了不停地嘶鸣，汗水湿透了我们的衣背。好在山里的草木茂盛，遮挡了不少阳光，山谷的风也带来丝丝凉爽，减少了登山的疲惫。不一会儿，我们就看见一个简陋的红色道观，从斑驳陆离的墙体看，似乎有些岁月。妻子说道

观的房屋太简陋了，显得有些阴森，她就不进去了。我觉得既然来了，还是进去看看。当时，没看见一个香客，也许是未逢"初一"和"十五"的缘故吧。不过，我从道观大门口的那两个巨大香炉中厚厚的香灰来看，这里应是有些香火。天玉山道观很寂静。大门上面写有"天玉名山"四个鎏金字，而在大门之上，屋檐下还有"悟道在心"的四个大墨字，简明扼要地向我介绍了此山、此观。

史料记载的天玉山道观可是有些名气，观内留有很多古代名人的足迹和笔墨。

元延祐三年（1316 年），道家在此地建立道观，始叫"天狱观"。相传，此处历来是道家高人修炼之地。在汉代，有道人浮丘伯带王、郭姓的两位高徒，在此修炼成仙。唐代贞元年间，吉州刺史阎侯，厌倦官场，退隐于此修炼，最后驾鹤而去。吉水人罗洪先，明代的科考状元、古代著名的堪舆学家，他应道观之请提笔改名为"天玉名观"。后来，张真人第三十六代传人张宗演也亲临天玉山，又将道观改名为"天华万寿宫"。据记载，天玉观有一天井。天井中内置一大水缸，可盛水千余斤，传为仙水，饮此水可消灾治病，上山朝拜的村民络绎不绝。可见，在当时，天玉山也是一座很有灵气的道家福山。

山，有仙则灵，有灵则香客和游人接踵而至。

据明朝大旅行家徐霞客日记记载：在崇祯九年（1636 年）十二月初八，他从洲岭方向登上天玉山，从南面下山。明初的内阁辅臣、泰和人杨士奇曾到这里一游，留下一首题为《天狱泉石》的诗："苕荛天狱峰，高出南斗上。自昔采芝翁，托身此萧爽。扫石看云生，吟琴若泉响。已趋金门直，犹结丹霞想。"诗的大意：关锁鬼怪的天狱峰呀，高过南斗六星，从前只有采摘灵芝的隐士，独自在此清净闲居。当我来到山中，扫去石上的落叶，闲坐看天上云起，低头抚琴弹奏，听到琴声如山涧清泉流水时，十分留恋。虽然自己已经步入富贵之门，仍然萌生在此隐居，自由自在地观看清晨山岚云霞的想法。由此可见，明代时期，天狱观香火十分旺盛，而眼前道观的景象似乎与诗中的记载差异很大，可以断定，而今的道观不是古代的那座道观了。历史变迁，沧海桑田。天玉山道观能传承下来，已属不易。

在天玉山道观小憩一会，我们继续沿小溪、踏山道往高处行走，忽闻有瀑布声响起，几个拐弯后，见有个石垅坑。坑中有一处断崖，高约十米，一条白练似的瀑布飞流直下，水落潭中，声清悦耳，好似古时候铜壶滴漏报时的声音，这就是天玉山瀑布景点——"铜壶滴漏"。

清代进士、社会名流，安福人吴云游览天玉山时，留下诗一首——《观天玉山瀑布》："欲识瀑边路，有声出树间。流难尽白水，洗不了青山。庙破余阴气，岩深尽老颜。谁人吹一曲？可唤老龙还。"

诗中可见，到了清朝时，由于战火动乱，天玉山水浊庙破，香火凋敝，人迹罕至，已经呈败落迹象。为此，诗人深感惋惜，独自发问：哪个仙人可吹一曲玉笛，把山中老龙呼唤回来呢？恢复天玉山清泉奔涌，瀑布如雪，青山连绵，兰草摇曳的昔日盛景。

站在瀑布处，抬头仰看，瀑布崖口的右边有一巨石，好似一位身穿无领布衣的尼姑，仰面躺在崖口，人称"观音枕水"。初夏时节，瀑布的水流虽不大，可水花四溅，如玉如雪，凉意爽人，令人疲惫顿消。瀑布落入的水潭不深，清澈见底，无一丝游尘。潭水溢出，形成一条涓涓小溪。溪水中一些零碎、有光泽的岩石片沉在水中，在阳光的照耀下，形同鱼儿游动的光影。瀑布崖口的左侧有一石壁，如刀劈斧砍，破土而出，石上有若隐若现的刻字，字体大小不一，笔画遒劲有力，布局错落有致，仿若天书，这是"铜壶滴漏"百字记胜岩碑。民间传说，谁若认全了这一百字，潭底发声的金盆便会浮出水面，给他带来满盆财运。不过，至今无人破译。曾经有一个秀才，出家做了和尚，高兴而来，在此认真研读数年，终于辨认出 99 个石鼓文字体，但有一字始终无法识得，最终只好扫兴而归。

听了故事，我觉得有趣，即兴作小诗一首《游天玉山》："青原天玉有仙山，枕水观音卧岭间。滴漏铜壶飞瀑布，石碑难解劝君还。"其实，我知道石壁上哪有什么"天书"？先人的故事只是告诉后人应该懂得"道无穷"和"学无止境"的道理罢了。

外地人来到吉安市旅游，无不羡慕青原区的美丽山水和生活在这里的人们。可以说，青原区是吉安的一个美丽缩影。

这里山水旖旎，人文荟萃。有将军古村渼陂、富水河畔的文化古村陂下；有佛教圣地青原山、红色根据地东固山，还有古代道教圣地嵩华山。

　　在我的眼中，天玉山又是青原区众多美丽风光中一张亮丽名片。她是一座仰卧在赣江上的"美人山"，又是藏有稀世景观"铜壶滴漏"和传承千年"道教名观"的文化名山，再加上天玉山下出了一个博学多闻，"学究五经，古今术艺毕览之"的明代大臣、文渊阁大学士、文学家胡广，也足以在青原区乃至吉安市拥有一席之地了。

　　吉安市有一座美丽而又神奇的天玉山，值得闲情逸致的人们抽空一游。

（陈兵浪）

天玉名山天玉观

　　天玉山位于天玉镇东部偏北 3 公里处，吉水文峰镇玉山村的南面。山势南北走向，主峰海拔 559.5 米，为青原区与吉水县的天然界山。

　　天玉山山势蜿蜒，峰高谷深，山石嶙峋，蔚然奇秀，气象万千，是一座风光秀丽的神奇山峦。此山原名黄亢岭，山顶上有块面积较大的平地，传说地下虚空如鼓，人在上面用力踏步会发出擂鼓似的咚咚之声，俗谓"天狱鬼监"，故山名由来叫天狱山。

　　相传此山之山神，神通广大，能镇住世上恶魔妖孽，玉皇大帝知道此事后，将世上的妖邪魔鬼全部赶进天狱山中，此山便成为妖邪魔鬼的炼狱。

　　天狱观（天玉观）位于天玉山顶，始建于隋朝，卣层两进殿宇，两殿回廊相连，中为天井，前殿供奉观音大士，后殿供奉太上老君等神像。整个观宇橼檐错落，洞门壁照，回廊曲径，一气贯通。门额金书"天狱名观"四字。观中有一天井，中间内置一大水缸，可盛水千斤，传为仙水，喝了可消灾治病。观前青松层曲，翠柏交映。据传此观四方显灵，极是灵验。《吉水县志》载：清康熙十一年，有一虎为民患，县令檄之老君，数日后，其虎自投山穴而死。

　　明洪武五年（1372 年），文渊阁大学士，状元胡广将"天狱山"改名为天玉山，"天狱名观"改名为天玉名观。自此天玉山、天玉观之名流传至今。明代杨士奇游天玉山，作《天玉泉石》诗赞曰：

茗绕玉狱峰，高出南斗上。

自昔采芝翁，托身此萧爽。

扫石看云坐，吟琴若泉响。

已趋金门直，犹结丹霞想。

　　1966 年，"文化大革命" 开始，"破四旧，立四新" 运动在全国各地展开，天玉观也被拆毁，仅存断垣残壁。20 世纪 80 年代后，有村民倡导、主持，通过募捐化缘，重建天玉观。重建后的天玉观为单层三进三殿式，前殿供奉巡山王等数尊菩萨，中殿供奉地司太子、玉帝、王母娘娘等神像，两边回廊雷公电母，后殿供奉观音、送子娘娘等神像。

　　每年农历二月二十九日，俗称庙会。二十日是观音菩萨生日，二十二日是地司太子生日，从农历二月下旬开始，朝山敬香的善男信女延绵不断，尤其在菩萨生日、庙会当天，朝山香客如云，路上行人络绎不绝，山上人山人海，爆竹声声，震天动地，热闹非凡，场面极为壮观。

（林政荣）

泉眼无声

　　我生活的城市位于赣中。城东郊的蛇形山下，一口泉眼轻涌着生命的清冽。从春到秋，从夏到冬，即便炎热久旱，也汩汩地不曾停息。邻泉而居的彭坊乡亲视之为玉露琼浆，每日傍晚劳作归来，第一件事便是来到泉边，轻轻地舀上两桶回家，烧水、淘米，重启生活的另一份清香。久而久之，方圆数里的村落乡亲皆口口相颂，以至出现泉边排队打水的景况。

　　无独有偶。城南邻赣江的鸡公岭下，一泓清泉同样引来轿车、三轮货车、电动车的驾驶员取水。更远的六十里外的舅父老家螺溪，一处早年不起眼的山野泉窝，竟开发成了名闻他乡的泉点，引得城里人取道高速公路专程来寻觅。

　　除了春节拜年，平日我也不忘对舅父的电话问候。每每提及螺溪山泉，舅父都对它赞誉有加，这也自然勾起我关于泉的淙淙回忆。

　　螺溪山泉早年隐逸于一片松林之中。当年，外祖父是这座松木场的看山人。年少的我，暑期做客螺溪，随外祖父夜宿看山棚，白天巡山、耙松毛、拾柴火，累了渴了，这泉窝便成了我的解乏之地。

　　山泉其实早早将我的心田浸润。幼年我随母下放老家山村。村庄是山外乡民进山砍柴必经之地，母亲和村里的大人们在大热天，总不忘从村旁打来一桶桶清凉的山泉水，放在各家门口，桶边挂上一把小瓢，供过往的乡亲饮用。几年后，结束下放回城了，做了街上居民，为帮家里解决燃料问题，读小学、中学的我，假日跑几里、几十里进山耙松毛、砍柴成了常事。那时还出不起瓶装矿泉水的钱，家里即便有军用水壶之类也不会背的，通常带点干

粮，口渴了就近找处泉窝，趴在地上"咕噜咕噜"就是一阵痛饮。

前些日子，退休在家多年的舅父邀我回螺溪察看新整修的泉水池。大小三口，青砖砌就。通汽车的水泥路也已修至泉窝旁。环望四野，草木苍苍。饮水思源，睹物思人。外祖父已作古多年，在清澈透亮的泉水里，我犹见他老人家慈祥的倒影。

而我与彭坊的泉水结缘，则是在两年前。结对走访的缘故，在彭坊退伍老兵刘益禄老人家中，我询问他的起居、饮食生活情况，品到了那杯烧开的泉水的暖意与甘醇。从此，我这所谓的城里人，也成了这打水队伍的一员。

随着近些年的新农村建设，城郊的村落几乎家家用上了自来水。远些的乡村，即便还未对接城镇管道，很多家庭自打水井，抽水上塔，用来也十分方便。我曾考察过城区自来水的生产全过程，应该说，以往对水质的担忧完全可以消去。取江水、沉淀、消杀、检验，个个环节精细到位。只是，多年的城市生活，我似乎习惯了自来水中的漂白粉味，竟怀疑起未经任何处置的山间泉水的品质来了。

事实上，我的这份怀疑又是多余的。当下的百姓追求美好生活，享受绿水青山，他们的健康理念、安全意识其实走在了我的前头。包括彭坊泉水，当地村委早已安排取样检测，水质合格，且 Ph 值呈弱碱性，正合人体所需。

"泉眼无声惜细流，树阴照水爱晴柔。"早在八百多年前，邻县先贤杨万里就为我们做了最美妙的泉眼解读。

水利万物而不争。何须有声？

生态文明建设让各地的天更蓝了、水更清了、山更绿了，这是天人合一的生动实践，也是乡村振兴的基础所在。我思忖，眼前的自来水，龙头一扭，哗啦啦流出的水同样清净，乡间百姓和我等城里人，何以还去把山野的泉眼打量？

水本无味。水又本多情。或许他们是在怀恋曾经的美好，是在享受大自然的真实馈赠。

而我，每至周末，带上两个空桶，从水泥丛林中走出，则是对自然的又一次亲近。

（石维）

溪塘之蓝

　　溪塘是非常清朗的，天湛蓝湛蓝的，没有一丝白云，直至尽头。远处近处的山头，都昂着头，就好像一个个虔诚圣徒，对着蓝天顶礼膜拜。而低头处，这静静镶嵌于山头间的湖水，此刻与蓝天一色，微风轻拂，有细浪翻卷。一切静逸温婉，真的如一位宽厚仁慈的老者。这蓝色的湖就好像这片旷野里的一颗蓝宝石，使人流连陶醉。我们微步轻启，或奔跑、歌唱，与友人、家人话家常，都是那么自如放松。那种无拘无束的感觉，令小鸟们无比幸福，它们或穿林隐身，高低不齐地放歌，或越湖面觅食叽喳，林与湖和谐，鸟与自然共生，中间点缀几羽鸭鹅游往，又有另一种人间生气。溪塘的清与静，更有阳光里的那抹蓝，浸入血液，便使得人们由衷地赞叹与不舍。这是个千年万年亿年的蓝呢，这宇宙的蓝令多少古今路人陶醉过！

　　溪塘现在属天玉镇岭上村，其实，在这片区域的人的心里，它是个大地方，在六十年前，它的范围包括吉水临江乡岭上村与富滩乡固山村。两个村里的人要去值夏上街当圩买东西，其为必经之路。东边还有一条可以过板车的石矶路，人们要踏着这条石矶路，走几十里路，一天一个来回。而今这条石矶路或隐于树林或被埋于水泥路下，已成为历史。北边的山上还有一个茶亭，供路过的人歇息。茶亭现在还立在山腰，像守卫看护着溪塘。那时，人们生活窘困，是没有时间与心情去理会头上那片湛蓝的天空的。

　　溪塘三面环山，只东边一个口子，青山绿树，长年有水流。而在中间低处有一片良田，固山村人多田多，每年水都不够灌溉稻田，而水稻没水又不

行。固山村书记想在溪塘这片农田建个水库，让下面的千亩良田有充足的水源作保障，但是地界是岭上村的，而固山新、老源高桥那边的田是固山南村下老源、新老源三个小组的田，且这田是黄泥田，可打得更多稻谷。如果能用岭上溪塘这片田与固山的这片田换一下，溪塘的这片田用作水库，固山的这片田换给岭上种水稻，真是太好了！固山村书记就与岭上村书记沟通，两个书记又分别与村民开会商量，大家认为这是一件非常好的事，溪塘作了水库对两个村的村民都是有利无害。这样岭上的田就在溪塘水库附近，即使大旱，它也不愁没水用。而固山村那边还要修一条长长的水渠，水才可以流到新老源、下老源、南村、固山下、岩江头、董田、叶坑、高东、观溪、坑桥头的大片水田。整个固山只有凌塘村小组的田灌不到。解决了80%的良田灌溉问题，两个村的人都欢欣鼓舞。

　　听父亲母亲讲，那是1956年修的水库，当时母亲刚生了我大哥，中午要从工地赶回去喂奶，从溪塘到固山有七八里路，中午顶着太阳走一趟也够辛苦的。现在的溪塘，慢慢路过的人少了，带给这个旷野的人声也渐渐于无。其实周围都是人迹罕至的山林，后来西南面的山划归了林场，都种上了杉树，北边的是岭上村平塘小组自留山种的松树，各种树木掺杂，绿绿葱葱。这样水土保持得好，水库的水便充足，能够保障下面的千亩良田用水。溪塘这里地形好，不像其他的水库要挖深挖宽，只需在东边的山脚下堆起半山腰高的土坝，就可以形成一个好几百亩的湖面，往东北方向挖一条水渠就可以管十多个村里的水田。我小时候，每到莳晚稻的时候，每个村都会派人轮流放水，每个村小组约定放水的时间，最多的是下岩村小组放五天。水渠沿线要派人看守，轮到哪个村放水，村里要派人把守，确保水可以灌满自己村的田，没轮到的村，若有人去放水，那叫偷水，要被罚。后来分田到户，每家每户安排人看管，那场面更是热闹。我也曾被父亲叫去守水，出了点差错，还被父亲训过。水稻有了足够的水源保障，加上精耕细作，增产增收是一定的事。记得那时我家的水稻亩产可达八九百斤，而村里清根更是种粮好手，他与他父母的田，都要靠他，他做事勤快，而且还肯学习，有点技术，他莳的田兜距较大，八九十年代开始种杂交水稻，人家一兜插两三根秧苗，他只插一根，肥够，管好病虫害，村里个个说他的田"打得谷起"，每亩比别人家要多一二百斤。结果被评为乡里种田能手。他劳动致富了，在20世纪90年代建了一幢两层的楼房。2010年后除了种田还去城里做工，又在河东上江界为儿子买了商品房。我有时回娘家，他看到我总会憨憨地笑一笑，"园梅回来了。"我也会笑笑叫一声"清根哥"。

最近十年溪塘水库不像以前那样，到了下半年雨少时便要放水灌田。因为固山村老源山水库重修了可多蓄水，江头村也建了一个小水库。2018年溪塘水库堤坝重修，水坝加宽加高更坚固，容积也大多了，可以蓄更多的水，千亩良田更无后顾之忧。

青原区设立后，城市商业繁荣，再也没有人步行从溪塘走路去值夏当街了。可是，人们总不会忘记那些年代人们天不亮就从这里赶路的回忆。原来的石矶路，现在改道在湖的西北面，变成了水泥路，天不亮便看见许多人骑着摩托去市区上班，太阳落山时又从山外骑了摩托回来，出去和回来时都看不到这里的湛蓝。但是他们都能感受到，只有天上的湛蓝，才赋予溪塘的清爽，使人倍感亲切，回到溪塘就像回到家，回到母亲怀抱。很多时候，我们只要觉得自己舒适就好，就是灵魂安放处，也不管它外面多豪华，多风光，回家心中就有了个清净处，这是上天给我们最好的恩赐。我们往往很容易被感动，感动自己的随遇而安，感动自己的智慧与善良。就像每天路过的村民只是按自己既定的行程去完成每天的工作，收获只可以满足日常，脸上还是有美好的笑容。那种淡定犹如头上的湛蓝，从来都是美好的。

在夏天的晚上，星星贴在蓝天上，它们也感到惬意。那一闪一闪的亮光，照进地上人的心里，即使忧愁烦闷也会被驱逐，好比蓝天下的山头和挺立的森林。看着这蓝，会想很多，想我们的前人的创造，想我们今天的生活，经历怎样的历史沉浮？而想得最多的是这里曾经也有村庄，要不然这几百亩良田谁种？当湖水退去，我在一个冬日午后，走在干涸的湖面去寻找一些历史印迹，也许是岁月的变化，竟只有墙脚的痕迹，那用砖或石头排成的一溜的四方形，断定那里是前人居住过的，甚至还有石板门框。这个村庄的房子都是坐北朝南的，后面是山，前面是百亩良田，几十户人家的小梅花村是很惬意温馨的。但是它消失了，背后山上都是平塘村的旧坟和新坟，它自己的坟墓都没听说在哪里？找不到任何的传说故事，只有静躺在这片蓝天下的几个

烂砖头，以沉默静守这片宁静与湛蓝。

　　是溪塘的绿衬托着溪塘的蓝，还是这片蓝衬托了这片的绿，而这片蓝与绿赋予了生生不息的活水，这清澈的水滋养了千亩良田，贡献了半个多世纪，并且要更长久地滋养着。而耕着这片良田的人们，说起溪塘无不感慨！现在种田更轻松了，都是用铁牛耕田，在家种田的也没多少人了。岭上平塘小组2012年园田化后，水田都租给了别人，自己则去城里打工。有的村民在家建了房子，在外面又买了房子。现在只有过年节时才看得到有人回来。固山的田，今年也大部分承包给了大农户，有的人家只留点口粮田。

（蓝云）

历代名人诗赞天玉

　　天玉，山水风光秀美，人文渊源深厚，历史上有不少名人为之倾慕，赋诗礼赞。首先是明朝状元胡广《题江头八景》。

　　胡广八岁丧父，由叔祖父胡子贞悉心教养，学诗作文。是年秋天，胡子贞见他学业精进，便让胡广作诗咏故里形胜。胡广凝视故乡山水，远峰如黛，江水如练，秋色宜人，挥笔而就《题江头八景》：

（一）

芙蓉隔江罗翠屏，孤峰独拥金螺青。
两山秀色挹青翠，千古气入秋冥冥。

（二）

锦鲤洲前芳草生，澹烟起处雨初晴。
独倚斜阳看烟景，春风芳草几多情。

（三）

空山无处不樵歌，伐木丁丁隔薜萝。
此处从来近城郭，樵歌乍听野情多。

（四）

盘洲幽深无四邻，白沙清水堪垂纶。

欸乃时时闻一曲，也知别有钓鱼人。

（五）

石桥底下水通江，江涨生时没石矼。

几度渔舟乘水入，柳边击得棹双双。

（六）

几年种竹今成坞，剩有林亭十亩阴。

更在傍边开隙地，年年春雨长森森。

（七）

霜风叶丹江渚秋，夕阳遥带沧波流。

孤舟野水行人少，一雁飞起横高楼。

（八）

石矶集嵊障回澜，秋月混漾澄清寒。

此中幽绝波浪少，八月好似钱塘看。

胡俨（1361—1443）字若思，号颐庵，南昌人。洪武年间举人，通览天文、地理、律历、卜算。永乐朝，他与胡广、解缙、杨士奇、金幼孜等，同值文渊阁，过往甚密。胡俨游览胡广家乡后，曾作诗：

螺川之东芙蓉麓，长林一带沧洲曲。

沧洲萧爽无氛埃，垂柳阴阴荫华屋。

戎昱（744—800）今湖北江陵人，进士。游历名都大川。历任侍御史、辰州刺史、虔州刺史。诗多羁旅游宦、伤感身世反映现实之作。阎使君，即阎寀，今甘肃天水市人，唐贞元七年任吉州刺史。上表辞官入朱陵观、天玉山芙蓉峰修道。

送阎使君学道入青原

戎 昱

闻道桃源去，尘心忽自悲。

余当从宦日，君是弃官时。

金汞封仙骨，灵津咽玉池。

受传三箓备，起坐五云随。

洞里花长发，人间鬓易衰。

他年会相访，莫试烂柯棋。

杨士奇（1366—1444）名寓，字士奇，号东里，今泰和县澄江镇人。明初重臣、学者，与解缙、胡广、金幼孜内阁重臣同为吉安乡友。他先后历经五朝，任内阁辅臣四十余年，任首辅二十一年。他游天玉山，作此诗：

天狱泉石

杨士奇

岧峣天狱峯，高出南斗上。

自昔采芝翁，托身此萧爽。

扫石看云生，吟琴若泉响。

已趋金门直，犹结丹霞想。

吴云，字天门，号舫翁，今吉安市安福县雅源人。拔贡生，幼称神童。天玉山瀑布，在天玉山西南麓，即石砻瀑布，民间又称"铜壶滴漏"瀑布。

观天玉山瀑布
吴　云

欲识瀑边路，有声出树间。
流难尽白水，洗不了青山。
庙破余阴气，岩苍尽老颜。
谁人吹一笛，可唤老龙还。

　　谢枋得（1226—1289）字君宜，号叠山，今江西弋阳县人。南宋宝祐四年，与文天祥同年进士。石砻瀑布。从天玉镇田心村石砻口步入石砻坑，瀑布悬于两壁之间，壁削如铁，高五丈余，下有深潭，水泻其中，响声如雷。

石砻瀑布
谢枋得

石砻神所居，祠构峭壁下。
流水涧中来，飞瀑石上泻。
雨晴水乐喧，月冷冰帘挂。
漱齿可解酲，濯足每宜夏。
此泉匪贪泉，饮者勿惊讶。

（胡秋林辑注）

流泉飞瀑的铜壶滴漏

　　铜壶滴漏位于天玉镇天玉山麓，田心村石垄坑东侧。有一山崖，高18米，形似一个破开的大圆桶，一条白练似的瀑布从崖顶飞流直下，水落崖底潭中，声脆悦耳。

　　瀑布常年流溅，发出如铜鼓之音，若古代滴漏报时之声。瀑布左右喷射，水成雾雨。崖下有潭，潭口直径约3米，深不可测。人站潭边，只觉水雾迷蒙，凉气扑面，爽身宜人。瀑布两侧岩壁如同刀削，缝隙中草木丛生，藤根交织，从崖上向下伸垂，白如银丝，竟与崖长，凌冬不凋。草木丛中点点山花，烂漫惹眼。潭周围林木荫郁，伫立潭沿，寒气彻骨。潭下溪池相续，缠绵以出。山崖上有一沼池，水清澈见底，池溪旁左数十步有百字崖，似刀劈斧砍，自坡间负土而出，长7米，宽1米，石上有字，喷水即现，历历可数。石上字迹大小不齐，若隐若现，笔力刚健。除"人""名"二字尚可辨认外，其余字句均模糊不清。据民间传说，这是铜壶滴漏百字崖碑，人若认出，崖前潭中立即浮起金盆一只，以作答赠云。相传从前有一和尚到此云游，辨认99字，只一字无法辨证，刚浮起的金盆又沉入水底，始终没有得到。今石崖保存完好，可惜字体剥落难辨。清代诗人吴云曾到此游览观光，雅兴所至，特作诗一首，题《观天玉瀑布》，诗云：

> 欲识瀑边路，有声出树间。
> 流难尽白水，洗不了青山。

庙破余阴气，岩苍尽老颜。

谁人吹一笛，可唤老龙还。

　　攀沿潭右侧奇形怪状的山石，可以上到岩顶，举目而望，但见山外有山，别是一番景象。山崖上有一小池，溪泉奔流到岩边，舒缓迂回于水池中。池水清澈见底，捧饮一口，沁人心脾。秋冬时节，池水不多，可见一长形光洁卵石半裸水面，形如一条游动的大黄鱼。另有一石，好似一位身着无领布衣的尼姑，仰面躺在岩口，头顶山泉，人称"观音顶水"。

　　现铜壶滴漏潭池旁建有观音堂，供奉观音菩萨等佛像，有道姑终日诵经念佛，吸引不少善男信女和文人墨客，前往观光游览，敬香许愿。邻近一带的农家后生和妇女上山砍茅柴归来时，路经此地总要在潭池边歇脚，饮泉解渴，喷水识字玩耍。清明踏青时节和节假日，城里的男女青年也都喜欢结伴进山，戏水观瀑，喷水认字，寻求山野之乐。

（林政荣）

状元胡广

探访胡广故里

　　吉安城郊的状元胡广故里——胡家边，我去过几次。这片与赣水相依的土地，古称大洲。洲上与之相生相息的，还有临江、邱家等村落。

　　第一次去在十多年前，算是寻访。它原属吉水县，后划入县级吉安市，今又归青原区，历史的变迁为它留下了几许沧桑？出于对历史名人的崇敬，又在青原工作，没去过胡广故里，似乎说不过去。第二次则在七年前，算是探访。时空已经跨越六百余年，一个堂堂的明朝大状元到底给我们留下了什么？青原作为庐陵文化的核心区域之一，胡广是否因文天祥光彩而淡去了应有的光芒？

　　因紧邻赣江，未设防洪大堤，这座原有八十多户人家的村庄大多已搬往地势稍高的天玉圩镇上，留下些上了年纪的长者眷恋故土，与它相守。这里，遭赣江洪水浸泡过的房屋愈显斑驳，其开基祖从值夏道院迁入，大概是相中了这背倚天玉山面朝大赣江的风水。2001 年 6 月重修的胡氏宗祠面江矗立，"状元及第"匾额高悬大门之上，楹联"理学名臣第，状元宰相家"铭记着这座村落的荣光。

　　此次探访，已九十岁高龄的长者胡天福和初寻胡家边遇见时一样，荷锄在自家的菜地里劳作，虽然听力有所减弱，但腰板依然挺直。又巧遇年八旬的族长胡利懋，他丢下手中农活，把我等带至胡广老居。杂草丛丛，一座见证历史的民居，以残垣断壁的外观让我感叹，更有守护在门前的一对石雕貔貅不惧寂寞，承载着沧海横流。老族长向我们讲述着胡广高中状元后回乡"打马立基"和故去时百副棺木出殡的逸闻轶事。据胡氏后人考证，胡广为南宋名臣胡铨十世孙、胡家边基祖胡敬之五世孙，同饮赣水，胡广继承先人的才情和本分，以光照时代和宗族的荣耀为后人注目。明惠帝建文二年（1400），胡广大魁天下，授翰林修撰。随后的朱家叔侄"靖难之役"丝毫不影响国之栋梁的任用。明成祖即位，胡广官至文渊阁大学士，兼左春坊大学士，做了十一年名震朝野的内阁首辅。曾两次从帝北征，以醇谨见幸，卒谥"文穆"，成为明朝首位获封谥号的文臣，著有《胡文穆集》二十卷行世。这些，从事历史文化研究的较为熟悉，而更多的乡人和游客鲜为知晓。

说起胡广，自然绕不开一个人，他的吉水同乡解缙。当年，明成祖见他俩同乡且关系甚好，有意让他们结为儿女亲家，不料后来解家遭难，引出胡广悔婚约之事。学术界和民间评及胡广形象，还总提及其归附朱棣一事。解缙、胡广、王艮三老乡同为建文帝的信任近侍，在建文帝帝位动摇之时，却做出了不同的选择。解缙的陈说大义却"缙驰谒"，胡广的愤激慷慨却"召至，叩头谢"，王艮的默言流泪而从容自杀，几乎成了检验三人品行气节的铁证。还有诸如胡广问猪之事、气节不如女儿的笑谈，总引人思虑那些看人看事的角度和分寸。世事变幻，人难完美，留下一两件遗憾或差错，或更能让后世认知一个人的真实与鲜活。作为一名历史人物，从其应有的身份价值来评判，胡广是幸运的，当年惠帝因王艮相貌不扬而改擢他为进士第一，服务于大明王朝他有了高起点。胡广还是无愧的，他为治国安邦敢进忠言，阻止成祖封禅意图，进言停止在民间追查建文帝旧臣及家眷，平息诸多冤狱，关注百姓疾苦，青史已留其名。胡广更是神奇的，相传胡家边倚靠的天玉山，原名天狱山，传说山顶有一处一丈见方的平地，下为空穴，镇锁妖魔鬼怪，人在上面用力踏步，会发出擂鼓般的响声，俗称鬼监。胡广觉天狱名字不雅，遂改天玉，咚声随后消失。

诸多的传说评价，加之吉安地域状元文化的日益兴盛，牵引着我一而再、再而三地寻迹胡家边。

近访胡家边是在农历戊戌五月。此行，我未能遇见前几次拜见过的村中长者，我祈祷村中守巢老人们的健康长寿，这有福之地，一定会接纳我们的祝福。却有幸遇着曾任天玉中学校长、与胡广同族同房的胡秋林先生。胡校长为胡家边基祖敬之公二十五世孙，退休十年，热心于家乡的文化研究，尤其是状元胡广的史料、遗迹挖掘，多篇文稿被报纸、网站刊出。当年所谒的

胡广故居遗址，便是胡秋林先生笔下的"长林书屋"，今已由族人原址复建为雄大气派的状元第——胡广公祠。胡家边人引以为豪的胡铨、胡广两公画像供奉于状元第正厅香案之上。"光华曜日月，大业垂古今。"门联嵌胡广字"光大"，大气磅礴。那原址留存的红石门额嵌于祠堂正门之上，让人想着岁月的久远。那对曾被我误识为石狮的貔貅经过洗涤，重现数百年前的灵光。这乡间难得一见的瑞兽，何以出现在胡广故里，引出后人的考究兴致。当年，胡广在故居"长林书屋"勤学苦读，从经史子集，到诗词曲赋、临帖摹碑，皆精通谙熟醉心，年少曾赋诗咏其故里形胜："芙蓉隔江罗翠屏，孤峰独拥金螺青。两山秀色捝青翠，千古气入秋冥冥。"（《题江头八景·其一》）如今江头八景诗文已被题写在祠内廊间。由建文帝命题，以"神、真、人、尘、春"五韵而作的百首梅花诗亦刻嵌于大门两侧，与门额留存的阳刻"凝秀"二字相呼应，让满庭充盈秀色和芳香。最让我感叹的是，胡秋林先生还寻得年久废祀的胡广古墓，位于天玉山脚胡家边祖山"海鳄形"峰下，并测定出其经度、纬度。当年百棺出葬，目的是防盗防毁，不意给后人留下查证之谜，但愿文物部门和有关专家能尽快考证。

由胡广墓、天玉山而想到青原历史上的另一位状元——文天祥。关于文天祥的故事早已写入青原的乡土教材，其境遇和磨难已升华为震古烁今的民族魂。青原两状元，一个美男子，一个伟丈夫。历史记住了他们，不仅在于他们的状元名分，更在于他们淋漓尽致地张扬了这方水土赋予他们的才气、胆气和豪气，他们无愧于庐陵。相对于文天祥，多活了两岁的胡广算是安逸了许多，他真有点像封存于历史档案里的美玉，不翻阅它，难见内在的光芒。而文天祥恰如天马，七百多年来一直纵横在历史的天空。

同样，相较于他的先祖、"江西历史上脖子最硬的人"胡铨，胡广这位状元公也算是遇上了标杆了。好在瑕不掩瑜，历史给了他妥当评价。只是在胡家边，在大洲，关于胡广口口相传的轶事越来越少，纵然有胡氏宗祠、状元第立世，也止不住时光的脚步。

但它终为状元故里，我期待它有更多的探访者。

（罗志强）

胡广与吉安同乡的交谊

　　天玉山下，德渥群芳，硕彦星驰，智贤鹰翔。胡广（1369—1418）字光大，号晃庵，现青原区天玉镇人。父子祺，善文学，洪武初选为御史，继任广西按察佥事、彭州延平知府。他10余岁丧父，遵母训就学于当地学究，博览经史，旁通医卜老释。建文元年（1399）中举，次年廷试考卷中有"亲藩陆梁，人心动摇"八字，意应削夺王权，扭转时艰，得到建文帝赞赏，擢为廷试第一，赐名靖，授翰林修撰。

　　吉安多才俊，明代江西一省得状元17人、榜眼16人、探花22人，各占全国总数的19%、18%和24%，其中吉安一府有状元12名、榜眼9名、探花12名。王世贞《弇山堂别集》中记载明代江西尤其是吉安府科举盛事：

> 建文庚辰状元胡靖（即胡广），第二名王艮，吉水人；第三名李贯，庐陵人，俱吉安府。而二甲第一名吴溥、第三名朱苓，皆江西，溥又会元也。永乐甲申状元曾棨，永丰人；第二名周述、第三名周孟简，俱吉水人。二甲第一名杨相、第四名王真，俱泰和人；第二名宋子环，吉水人；第三名王训，庐陵人。相又会元也。七人皆吉安府。而内阁学士读卷五人：解缙、胡广、杨士奇、胡俨、金幼孜皆江西，中三人皆吉安府，可谓极盛。

　　连续两科的三鼎甲均被一府的举子夺得，用现在的话说是进士科举的团体双连冠，这不仅是江西也是全国科举史上绝无仅有的盛事。

　　这是吉安文风昌炽的时代，又是明初动乱不堪的时期，建文四年，燕王

朱棣率"靖难"军攻陷南京。胡广与解缙、杨士奇等人迎降，被授为侍讲，改侍读，入直文渊阁。吉安同乡交谊较深的几个人，胡广比解缙小一岁，比金幼孜小三岁，比梁潜、李时勉小四岁，比杨士奇小五岁，比周是修小十六岁，比曾棨大两岁，比李昌棋大六岁，王艮与胡广岁数相当，他们都是吉安同乡，官居要位，毗邻而居，"平日袖手谈心性，靖难一死报君王"。燕王"靖难"之兵进逼南京时，王艮与妻儿诀别："食人之禄者，死人之事，吾不可复生矣。"王艮与胡广、解缙以及友人金幼孜、黄淮、胡俨等在城陷前一日晚在吴溥家集会。解缙陈说大义，胡广奋激慷慨，独王艮流泪不言，当日，独自饮毒酒而死，周是修也自尽于尊经阁，相约城破之时，共赴国难，但真正死难者只有周是修及王艮等人，解缙、胡广诸人都成了第一代内阁成员。

永乐初最先参与机务的翰林官，即首批内阁成员是解缙和来自浙江永嘉的黄淮，接着是杨士奇、胡广、金幼孜、杨荣、胡俨，这后五位除杨荣是福建建安人，其余均来自江西。应该说朝廷大事由江西，尤其是吉安府人商定。胡广于永乐二年（1404）迁右春坊右庶子，永乐五年进翰林学士兼右春坊大学士，由奉议大夫进奉政大夫。参与解缙主持编撰的《明太祖实录》《古今烈女传》《文献大成》，吴溥及吉安同乡曾棨、李时勉、李昌祺、王直、周叙、周忱等有所交往，但胡广为人缜密，不随便交游，亦不议论他人过失，经常陪伴成祖，其名气不及解缙，但宠遇过之。他办事能持大体，时人把他比作东汉时胡广，并流传"汉时胡广号中庸，今日中庸又见公。"

胡广与解缙同为吉安人，成祖即位后，又同为翰林学士，入阁辅政。一次，二人同在宫中侍宴，成祖说："你二人，生同里，长同学，仕同官。解缙有子，胡广可以把女儿嫁给他。"胡广听罢，顿首说："臣妻刚有身孕，还未知是男是女。"成祖笑道："一定是女儿。"后来胡广妻子果生下一女，于是胡、解两家定下婚约。后来解缙被杀，其子解桢亮被流放辽东（今辽宁辽阳市），胡广要解除婚约，但他的女儿宁死不依。解桢亮遇赦返回家，胡广将女儿送去与其完婚，两位名臣成了亲家。

永乐七年（1409）正月，成祖朱棣亲征北方，胡广和同科进士杨荣、金幼孜扈从，胡广深得成祖宠爱，多次被召见应对，有时谈论至深夜，过山川险阻，他在马上指点议论，有时掉队，成祖派坐骑四处寻找。胡广多才多艺，除擅经史、诗赋外，尤善书法，成祖登玄石坡顶，命其大书"玄石坡立马峰"六字，勒石铭记，又兵临捷胜冈，令大书"捷胜冈"镌于石上，成为当地一道道风景。永乐十二年（1414），成祖第二次北征，皇长孙朱瞻基跟随，命胡广在军中为其长孙（即后来的宣宗）讲经史，论济国安邦之理。永乐十四年（1416）四月，胡广迁文渊阁大学士，仍兼先前各职。成祖命乌思藏僧作法会，为高帝、高后（即朱元璋、马氏）荐福，说看见各式各样的祥瑞和异常现象，胡广乃献《圣孝瑞应颂》，成祖令韵师谱成佛由，让歌女在宫中伴舞歌唱。

胡广主张以仁治天下，杨士奇称其"忠厚为本，未尝及人过失"。他两次参加京畿乡试主考，四次廷试读卷，均秉公鉴别评价，不徇私情。母逝奔丧后回京，成祖问百姓能否安居乐业？对曰："安。但郡县穷治建文时奸党，株及支亲，为民厉。"成祖即令郡县停止追究。这是诛灭黄子澄、方孝孺十族留下的后遗症，成祖在起兵的檄文中，被点了名的是齐秦和黄子澄。方孝孺不在诛杀之列，像解缙、胡广等臣子一样，按旧臣处理，重新安排工作。方孝孺却在朝廷上大骂朱棣，以博清名，激怒了皇帝，朱棣喷火的眼睛瞪着这个"读书种子"，"你不怕杀了你的九族吗？"方孝孺也同样怒目而视："灭十族又何妨！"继续大骂不止。朱棣命人用刀剌方孝孺的嘴，把嘴巴割到耳朵处，方仍喷血痛斥。朱棣大怒："你不是想要快点死吗？休想，必须灭十族给你看。"在此之前，最重的罪是株连九族。九族的说法虽然不一，也仅有细微的不同，较为公认的是指父族四、母族三、妻族二。父族四：指自己一族、出嫁的姑母及其儿子、出嫁的姐妹及外甥、出嫁的女儿及外孙。母族三：指外祖父一家、外祖母的娘家、姨母及其儿子。妻族二：指岳父的一家、岳母的一家。到了方孝孺，历史上最惨烈的事情发生了，这个迂腐的封建卫道士在活阎王面前自灭十族，第十族，加上他的学生和老师，黄子澄（分宜人）同样步其后尘，同遭灭十族之灾，他的老师郭汉杰已经八十三岁，也被押往南京斩首。

时隔多年，各郡县还在追查曾对朱棣不满或说过牢骚话的官吏，并殃及亲朋，可谓清"奸党"扩大化，胡广回乡了解情况后，敢说真话，为民作主，终止了事态的发展，挽救了无数平民百姓的生命，可谓功莫大焉，在史书上

值得大书一笔。

　　胡广与解缙、杨士奇交往较多，解缙曾红极一时，他起草声明，率朝野名士，迎朱棣进京登基，并代拟诏令，号召天下。永乐元年（1403），成祖开明代内阁之先河，解缙也被视为明代内阁第一人。胡广与其共事多年，解缙少年成才，胡广大器晚成，解缙十八岁参加乡试，一举成名，中了解元。次年与长兄解纶、妹夫黄金华赴京参加会试，同榜登第，震动京师。胡广二十九岁中举，次年廷试第一，赐名靖，授翰林修撰。年龄相差一岁，解缙已是朝廷名臣，胡广还是新官，因而胡广拜其为师，后亦师亦友。解缙自恃才高，又有大多数吉安读书人那股认理不认人的倔劲，生性疏狂，他既是翰林院的一把手，又是皇太子的首席教官，既然是参与机密，便不可避免地卷入永乐初皇储之争的漩涡之中。胡广生性稳重，私下劝他不要锋芒毕露。成祖有三子，长子高炽体态肥胖，行动不便，喜和文人相交，养成了一种宽厚随和的作风，但不得成祖之意；次子高煦孔武多力，勇猛善战，在"靖难"中屡立战功，且多次解成祖之困，故而以唐初秦王李世民自诩，成祖曾以此相激励。解缙遵循立嫡以长的传统，竭力支持立高炽为太子，从而得罪了高煦和一大批"靖难"武臣，此后屡遭陷害，并将他置于死地而后快。

　　永乐初同入内阁的七人，杨士奇年龄仅次于胡俨，幼年丧父，家境贫寒，使他不可能有解缙的狂放；胡广也是幼年丧父，家境衰落，两人性情相同，是匹配的搭档。他俩具备君主专制时代完美政治家的一切特点，谨慎而不乏胆略，宽容而中有定见，沉稳而不失机智，恭敬而善于应对。永乐时期，杨士奇和胡广等同乡，只是全心全意地干一件事，那就是维护皇太子高炽的地位，说来也有意思，解缙和杨士奇、胡广这三位个性风格迥异的吉安人，自觉与不自觉地进行了一场保护高炽的接力。解缙以其果断和明辨，为高炽争得了皇太子的法定地位，杨士奇、胡广则以其沉毅和善辩维护高炽的皇储地位，并巧妙地打击汉王高煦的气焰，替解缙报了一箭之仇。

　　成祖的去世和仁宗（朱高炽）的继位，标志着一个新时代的到来，可惜胡广于永乐十六年五月，病逝于位，年仅四十九岁，他在内阁工作十六年，其中任首辅十一年，职衔始终只有五品。他的灵柩运回乡时，太子高炽摆祭案祭祀他，死后赠礼部尚书，谥文穆，明代文臣得谥自胡广始。仁宗继位，加赐为荣禄大夫、少师，可见这位仁宗不忘旧情，但他对杨士奇厚爱有加，刚即位便将杨士奇由翰林院学士、左春坊大学士超擢为礼部尚书兼华盖殿大学士，半年内又晋少保兵部尚书兼华盖殿大学士，成为新一代内阁第一人，官从一品，杨士奇主持内阁二十年，明朝的政局发生了一系列深刻的变化。

明代状元中，以文学著名的不少，胡广就是其中之一。他生于盛世，又深受皇上的宠信，所以他的诗中也是一派开平景象。如《题江头八景》，其中一首是："锦鲤洲前芳草生，澹烟起处雨初晴，独倚斜阳看烟景，春风芳草几多情。"景色描写，清丽可喜。他著有《胡文穆集》20卷，奉成祖之命，与杨荣、金幼孜等合编撰有九部190卷的《五经四书大全》。杨士奇在《东里续集》中不禁豪言大发："天下之大，士之出于学校者，莫盛于江西、两浙，吉安又江西之盛者。"胡广便是其中的佼佼者。

（周敏生）

一南一北两状元

　　青原区一南一北两状元，南为富田文天祥，北为天玉胡广。两位状元又都是宰相，文天祥是国家有难，临危受命做了右丞相；胡广则是成祖即位，前往迎驾之功以及其文才，而被皇帝任为左春坊大学士，并在永乐十四年进为文渊阁大学士。因明朝不设丞相职，文渊阁大学士即首辅，实际上的丞相。

　　朱元璋建立明朝后，为巩固政权，大倡忠君爱国，文天祥即他首选的第一忠臣。洪武九年，北京按察副使刘崧，字子高，号槎翁，吉安府泰和人。因他的忠诚和才能，被皇帝在奉天殿召见并受器重。他为文天祥的浩然正气所感动，曾作了多首诗赞文天祥。并且首倡建文丞相祠于顺天府府学之右，塑文天祥像以祭祀，一方面报答皇帝恩宠，一方面彰显吉安乡贤功德。立祠之地，即当年元朝囚禁文天祥的牢狱遗址，旁边设府学，立有教忠坊；改监牢而建文丞相祠，拨乱反正，其意义非凡。永乐六年，太常博士刘履节奉命正祀典，规定每年春秋二祭，遂为顺天府的制度。各位府尹都认为，忠孝，人道之大节，治化所先；而崇礼先贤，表励后人，尤守令之急务。这是一个地方官义不容辞的职责。

　　胡广参观了文丞相祠，并写了一首诗：

<blockquote>
丞相生异质，挺特真天人。
劲气薄霄汉，国亡将躯徇。
上书抗直言，屡欲斩贼臣。
</blockquote>

大事已云徂，乃付秉轴钧。

降表夜窃出，六营竟蒙尘。

嗟彼卖国者，致公何狡黠。

万死出虎口，努力支苍昊。

崎岖走岭海，颠沛念君亲。

徒手格猛兽，敌骑正駸駸。

势穷猝被执，誓死以成仁。

怅望零丁洋，欲济迷远津。

天高怜戢翼，水涸悲纵鳞。

羁缧诟逗恓，犴狴经数春。

采薇耻食粟，咏歌伤获麟。

从容乃就义，慷慨焉顾身。

所学希圣贤，临死书诸绅。

　　这首诗其实是一篇诗体的文天祥传略，高度概括了文天祥一生中的重要经历，并歌颂了他的爱国情操、坚贞志节和浩然正气。

　　在文丞相祠里，还有刘岳申所写《文丞相传》刻于石。刘岳申，字高仲，号申斋，吉水人。元延祐间，朝廷恢复了停顿40多年的科举考试，他本准备复习功课参加科举考试，但不久即放弃，转而专攻古文，后在文学上与刘诜齐名，曾被荐授辽阳儒学副提举，但他无欲仕途，辞而不受。刘岳申的《文丞相传》后来被收入在文天祥之孙文富编的《文天祥文集》中，刊印于元代元贞二年，大行于天下，这也是最早的文天祥文集。

　　胡广青少年还在家乡时，常听先辈讲文丞相的事迹，当时，"赫赫悚动人听，虽小夫妇人，皆习闻而能道之"。可见文天祥的影响很大。读了刘岳申《文丞相传》，感到它"比国史为详，大要其去丞相未远，乡邦遗老犹有存者，得于见闻为多。又必参诸丞相年谱及指南录诸篇，故事迹实可证。"刘岳申1260年生人，比文天祥小24岁，离文天祥的时代较近，他写作之前对乡邦遗老进行过一番实地采访，掌握有第一手材料，所以可信度高，胡广认为是一篇较全面记述文天祥生平事业的好传记。后来又读到《宋史·文天祥传》，觉

得它对文天祥基本上是公正的，对文天祥的评价也算公允。但最不满意它的是失实，甚至有损文天祥的光辉形象，这是不能允许的原则问题。比如，《宋史》说"天祥性豪华，平生自奉甚厚，声伎满前"。这是不符合事实的，试问文天祥仕宦于朝廷或地方，处处受排挤、受打压，十五年间，竟有一半时间被罢贬在家，他到哪里去灯红酒绿，他哪里有声色歌舞的心情？还有的是颠倒事实，如《宋史》说"未几，宋降，宜中、世杰皆去。乃除天祥枢密使，寻右丞相兼枢密使。使如军中请和，与大元丞相伯颜抗论皋亭山。"这里文天祥任右丞相兼枢密使的时间不对，不是朝廷向伯颜献了《降表》以后，而是在此之前。这样时间一颠倒，好像他去元营见伯颜是和元人谈投降的事。宋朝廷的投降决定虽早就策划了，但文天祥事先是不知道的，如果早知道皇帝太后要投降，还要他去谈什么？再者，《宋史》写道："天祥曰'国亡，吾分一死矣，倘缘宽假，得以黄冠归故乡，他日以方外备顾问，可也。'"这是对文天祥的污蔑。上面的话是出自宋朝那班投降者王积翁、谢昌元等人向忽必烈的奏札，设若文天祥会说这样的话，能为元朝政府服务做顾问，他早就放出来了，还有后来的文天祥吗？

胡广还有一个现实的担忧，他说：文天祥的事迹"比年以来，老成凋谢，而谈者益稀。虽士夫君子，鲜闻盛事，盖渐远渐疏，其势然耳。更后百年，恐浸失实。"时间过去了100多年，文天祥事迹渐远渐疏，如果再过百年，恐怕便没有几个人知道他了。基于上述理由，他决定动手为文天祥再写一传。

胡广认为，身处元朝，作家要为文天祥作传，是要冒着风险的，不能畅所欲言，所以都是秘密地进行。写了，也不能公开发表，如郑思肖，为文天祥的伟大人格所鼓舞，写了《和文丞相六歌》《文丞相叙》《文丞相赞并序》以及《祭大宋忠臣文》等，盛赞文天祥高风亮节。但他不能公之于众，甚至还化名"思肖"，隐含思念赵宋王朝，他秘密置一铁函，将文稿密封其中，藏匿于苏州承天寺古井，以期后来重见天日。刘岳申写《文丞相传》，可见需要多大的勇气。而有些敏感的话，只好隐晦曲语，这些他是可以理解的。

胡广以刘岳申《文丞相传》为基础，参考《宋史本传》，并证之以文天祥自己的著作，尤其是文天祥自谱平生的《纪年录》和《指南录》诗集。"眩瞀异同，莫适是非。故忘其浅陋，辄复编次第，皆因其旧文，不敢妄加一笔，诚无能有所裨益，特尽区区之愚耳。"对于似是而非的地方，他必须考证订讹。不敢妄加一笔是谦辞，然而的确作了大量补充，增加了不少细节。如刘岳申《文丞相传》记文天祥出使皋亭山与伯颜讲谈，非常详细："令天祥诣军前讲解，遂以资政殿学士行。因说伯颜曰：'宋承帝王正统，非辽、金比。今北朝将欲以为与国乎？将欲毁其宗社乎？若以为与国，则宜退兵平江或嘉兴，然后议岁币金帛犒师……若欲毁其宗社，则两淮、两浙、闽、广尚多未下，穷兵取之，利钝未可知。假能尽取，豪杰并起，兵连祸结，必自此始。'伯颜以危言折之，天祥谓：'宋状元宰相，所欠一死振国耳，宋存与存，宋亡与亡，刀锯在前，鼎镬在后，非所惧也，何怖我为？'"此一番抗辩，将文天祥不亢不卑、无私无畏的英雄形象刻画得栩栩如生。胡广对此照录。然而《宋史》则对此避而不谈。后来到了大都枢密院，文天祥与元丞相又有一次精彩抗论，《宋史》也是回避。这些细节却在刘岳申的《文丞相传》中可以读到，胡广自然也是照录。

有的地方于史实有差池，胡广则补充之。如开庆初元军围困鄂州，"左相吴潜倡迁幸议，内都知董宋臣实主之"。使我们知道主张迁都的还有吴潜，不过他是受了董宋臣的蒙蔽。又如文天祥被捕押解北上，在离别金陵渡江往真州，胡广补充了一句"淮士多谋劫天祥者"。因为文天祥镇江脱险在真州、高邮、扬州、通州影响很大，淮东人民把他当作英雄，原来李庭芝对他的误解——说文天祥绝不可能逃脱，而是元人的奸细，则不攻自破。

文天祥率义兵将出发去京城时，还有一个插曲。刘岳申《文丞相传》是这样记的："左相王爚主天祥迁擢，屡趣天祥入卫，与右相陈宜中不和。京师学生上书，讼宜中沮天祥事，宜中出关，留梦炎代相。梦炎素厚宜中，又党江西制置黄万石，至是梦炎奏万石入卫，以天祥移屯于洪，经略九江。""累趣天祥入卫"事实上义军一直被阻止在吉州数月，原来是陈宜中、留梦炎捣鬼。洪即洪州（今南昌），文天祥苦心组建的这支义军，不让文天祥带着去京城，却要中途调包，让他的亲信黄万石去率军入卫，其中阴谋，明眼人一看便知。接着写道："万石阴与吕师夔通，自洪退屯，置师抚州。"原来黄万石不想去入卫京城，那是要和元军面对面打仗啊，于是他偷偷地去与投降元军的吕师夔会面，不去入卫而去了抚州。留梦炎这伙人到底要干什么？不是很

明显吗？三个多月后，朝廷叫文天祥疾速率军入卫，义军是从衢州方向去的。可是却遭到黄万石等人的告状，诬陷义军在抚州之乐安、宜黄抢劫。以下则是胡广的《丞相传》补充的细节：黄万石"嗾使守臣赵必岊、宜黄令赵时秘状称'宁都连、谢、吴、唐、明、戴六家义士劫乐安、宜黄，将至抚州。'"文天祥立即向枢密院申辩："宁都大姓，招募数千人，驻吉州，候旨入卫，未尝有一足至抚州境内。守臣张皇狂惑，欲阻挠勤王大计。"这个细节很重要，去抚州的不是文天祥的义军，恰恰是黄万石等，想栽赃是不能成立的。

胡广的《丞相传》最后，照例是总结性的论赞，而他则是选择了史臣的观点，依宋史中《文天祥传》的总评全录。

胡广的《丞相传》作于 1416 年，距文天祥就义 123 年。此传虽不算原创，但他是怀着对民族英雄的景仰而重写的，其增删考证之功值得称赞，所以仍然有历史文化价值，起到社会教化的作用，可以留存下来，传诸久远。

（周承忠）

胡广步韵百章赋梅花

胡广（1369—1418），明建文二年（1400）庚辰科状元。惠帝欣喜其才，即以"神、真、人、尘、春"五韵命胡广步韵赋梅花诗一百首。胡广才思敏捷，挥毫就章。

第一首　古梅

冰霜锻炼老精神，苔藓重重夺本真。
海鳄形骸将蜕骨，夜叉头角大惊人。
枯枝寂寞低垂月，淮蕊萧疏散点尘。
赖有苦心寒不死，古今曾报几回春。

第二首　早梅

姑射①先人妙有神，枝头先得一阳真。
任教此雪作寒相，不让东风属别人。
淡月横枝清有影，冻云绕树净无尘。
诗家若问花消息，此是江南第一春。

①姑射：本指姑射山神仙，后来泛指美貌女子。

第三首　官梅

水廓烟村养性神，移来官署更清真。

白头谁道无知己，青眼①相看总贵人。

阴护蒲鞭清狱讼，香凝燕寝绝埃尘。

河阳不用栽桃李，冷淡从中别有春。

①青眼：正眼看人，表示对人喜爱和器重。

第四首　庭梅

庭前才有更精神，开遍梢头朵朵真。

清兴不妨携酒客，暗香时到倚栏人。

根盘兰砌还如石，花落苔阶不染尘。

吩咐儿童好遮护，岁寒难得自家春。

第五首　江梅

冰肌玉骨水为神，曾被江妃换却真。

风度恍凝飞佩客①，月明疑是弄珠人。

靓妆照水香应湿，素袜凌波步绝尘。

料得东君有深意，欲令河伯也知春。

①佩：通珮，珮客，戴着玉珮的人。

第六首　溪梅

溪上婆娑宛有神，路人惊讶恐非真。

轻盈似是垂珠客，仿佛相逢解佩人。

水气湿凝枝上露，棹歌声拂树头尘。

鱼龙应识非常事，一见花开一度春。

第七首　岭梅

阳和透得速于神，庾岭南枝见最真。
独步可称天上士，同心谁识岁寒人。
高标直欲冲宵汉，香粉休教委路尘。
谷口老樵无历日，相逢方觉一年春。

第八首　野梅

荒郊独野漫伤神，一树垂垂得气真。
攀折几回逢驿使，封培多半藉①诗人。
欣闻北谷吹羌笛，喜有东风指冻尘。
薄命无由还宫额，淡烟残雪自成春。

①藉：凭借。

第九首　忆梅

攻书惟怕损吾神，默坐空斋养性真。
窗外月华来入户，轩南春色又关人。
冰魂想象非千里，粉面轻盈隔几尘。
驲使①不来空怅望，凭谁传语故园春。

①驲使，驲，驿馆用的车，指代驿使。

第十首　梦梅

几年奔走分花神，安得梅花写我真。
昨夜忽行湖上路，觉来都是梦中人。
衣巾尚讶沾香粉，杯酒无由洗渴尘。

恰似罗浮^①旧游者，参横月落^②暗伤春。

①罗浮，在惠州，道教名山，传说是葛洪炼丹处。

②参横月落：参，二十八宿之一，星月已落，天色将明。

第十一首　寻梅

酷怜香影感心神，空谷寥寥不见真。

策杖独寻山下路，折花欲寄陇头人。

病身半层阴崖冷，短履双沾并草尘。

行尽江南几千里，小桥满水却逢春。

第十二首　问梅

花魁见说解通神，却把多情问伪真。

底事独教林处士^①，何如未识楚骚人^②。

孤根讯报初阳候，老干曾经几劫尘。

扣遍梢头浑不语，凭栏聊自唱阳春。

①林处士，即林逋，北宋诗人，在杭州西湖孤山隐居，未娶妻，而以梅、鹤做伴，称梅妻鹤子。代表作《山园小梅》名句：疏影横斜水清浅，暗香浮动月黄昏。

②楚骚人，指屈原。

第十三首　探梅

气寒无物可怡神，惟有冰姿怯我真。

踏雪恰如迷路客，杖藜却是探梅人。

桥横古木轻移步，径转孤村违避尘。

临水一枝新破萼，幽香不减去年春。

第十四首　索梅

兀坐空斋暗怆神，寒香谁肯慰吾真。
题诗远寄知心者，分惠曾怜幽独人。
若得眼前花似雪，从教不受甑如尘。
要知旧种应无数，莫惜东风一树春。

第十五首　折梅

缀玉攒霜不动神，折来端的乐天真。
插瓶更觉添情况，逢阳还堪寄远人。
疏影尚含枝上雪，断痕犹带树头尘。
小窗儿女灯前笑，移上云鬟满面春。

第十六首　剪梅

欲折琼枝怕损神，生绡①呈巧宛如真。
轻于粉蝶风前态，争似瑶池月下人。
雪质漫芳金剪刀，霜葩微染玉纤尘。
群芳莫苦东风怨，不省人间别有春。

①生绡：生丝织成很薄的、透明的织物。

第十七首　浴梅

冰姿连日锢①花神，借得温汤为洗真。
娇似玉环初浴处，倦于金帐醉酣人。
轻盈掌上新承宠，脱略枝头旧染尘。
多谢东君②勤检点，今朝不比昨朝春。

①锢：禁锢。

②东君：传说中的太阳神。

第十八首　浸梅

水葩折得畏伤神，自汲清泉为养真。

窗下聊借延月具，街头不比卖花人。

暗香满贮解瓶腹，疏影深涵玉镜尘。

借得阳光半分力，能令庭户有长春。

第十九首　簪梅

谁家女子斗精神，欲学宫妆逼太真。

高髻未能夸绝代，有花方始称佳人。

寒香遂落纤纤手，粉蕊轻随步步尘。

斜插满头非茉莉，东君失却一枝春。

第二十首　妆梅

二八佳人好动神，霜葩借得更清真。

巧妆金容楼头白，欲学含章殿①下人。

五火细沾香汗粉，一枝斜拂画眉尘，

小儿造化真堪美，深锁重门自得春。

①含章殿，汉朝宫殿，寿阳公主在含章殿，梅花飘落她额头上，洗之不脱，宫女皆效法之，或曰梅花妆。

第二十一首　观梅

冰姿开处最精神，步向西湖见梅真。

俗薄恍疑清朗士，眼昏初讶白头人。
孤高傲雪超凡类，绰约临风绝点尘。
却叹鲜芳殊觉淡，枝头已见十分春。

第二十二首　友梅

主人爱客客精神，岁晏相看意如真。
寒苦肯甘冰蘖操，清癯不入绮罗人。
诗添东阁何郎兴，交绝西风庾亮尘。
桃李纷纷好颜色，若为同得葛前春。

第二十三首　寄梅

感兴题诗似有神，折梅寄赠更情真。
一枝瘦骨通消息，千里平安到故人。
蓓蕾远含鸡舌腹，关山漫逐马蹄尘。
檐头道上宜珍重，分却窗前一半春。

第二十四首　评梅

江南何物可怡神，数遍群芳此独真。
自是冰魂超血类，故将粉白妒佳人。
分甘茅屋疏篱老，梦断长安紫陌尘。
不用诗家苦评品，东风先得个中春。

第二十五首　歌梅

翠袖当筵妙入神，落梅歌处见慎真。
绝胜金谷风满会，唤醒罗浮梦中人。

三弄①不劳丝管力，数声轻绕屋梁尘。

请君试向西湖看，雪蕊霜葩定减春。

①三弄，梅花三弄，古琴曲，以不同的徽位，重复三遍，故曰三弄。

第二十六首　别梅

东风渐急暗伤神，顿觉孤山减却真。

漫作风前携酒客，生憎马上唱歌人。

雅情暂时千株雪，渴肺难逍万斛尘。

满池一泄从此别，免教空负一年春。

第二十七首　惜梅

一枝潇洒迈风神，数遍枝头万朵真。

宝镜似窥铅粉画，杖藜时访缟衣①人。

酷怜疏影轻移步，净扫苍苔怨宛尘。

欲与东君书在卷，园林留得四时春。

①缟衣：素白衣。

第二十八首　接梅

镜中造化妙通神，险处机关巧夺真。

临水聘来香粉肯，和烟嫁与澹妆人。

病枝未有巢莺力，弱质初胜舞袖尘。

待得东风生意足，南枝才让北枝春。

第二十九首　补梅

墙角枯枝有鬼神，化龙飞去失其真。

追寻欲陪乘槎①客，补缺先求种树人。

短屐踏残湖上雪，长镵剔破陇头尘。

和根移得冰姿活，依旧横斜一般春。

①槎，木竹之筏，传说乘槎江海可以通天河。

第三十首　苔梅

偃蹇轮囷①怪且神，苍苔封裹似元真。

寒于灞上骑驴客，老似山中辟谷②人。

疏蕊澹横松迳月，交枝斗插玉花尘。

莫言雨露无由答，也解年年报早春。

①轮囷，盘曲状，硕大貌。

②辟谷，仙家养生之方，不食五谷，而以药物充饥。

第三十一首　杏梅

东风袅袅着花神，一夜枝头变却真。

丹粒巧妆红粉面，胭脂微染玉楼人。

彩鸾欲换成仙骨，月兔先分捣药尘。

不有林逋双鹤过，行人疑是西江春。

第三十二首　蜡梅

谁将玉质误传神，却把莺黄染作真。

寒菊本是同类物，秋槐今作脱胎人。

篱边辜负先生兴，陌上空惊举子尘。

更怪东君疏检点，一般消息两般春。

第三十三首　竹梅

梅花夹竹最精神，只见东风为写真。

粉面喜依青节士，翠裙低获靓妆人。

月明影动眠龙陈，夜静香随舞风尘。

和靖子猷①俱已换，凭谁唤取赏花春。

①子猷，王徽之，王羲之第三子，擅画竹。

第三十四首　雪梅

梅花得雪本精神，梅雪争妍混却真。

踏雪岂无迷路客，过桥时有问花人。

入檐但觉来见气，隔竹空惊落粉尘。

四望漫漫都一色，教人何处去寻春。

第三十五首　月梅

冰姿得月愈精神，窗我庭前似写真。

把酒看花应有客，寒衣弄影岂无人。

光凝枝上金波冷，露滴梢头玉屑尘。

好事不须催秉烛，嫦娥相伴赏新春。

第三十六首　风梅

阿夷①何苦妨花神，开到浓时便损真。

冷蕊舞空犹作雪，寒葩落地更愁人。

轻狂飞逐蝇头利，狼藉翻成马足尘。

起傍栏杆问消息，就中留得几多春。

①阿夷，古代獠族对妇女的称呼，她们有采花插头习俗。

第三十七首　烟梅

一树婆娑半露神，烟中忽见讶非真。

生绡薄护婵娟面，细霭轻笼窈窕人。

觅句漫淹何逊①兴，凝眸似隔庾公②尘。

须臾借得东风力，依旧分明朵朵春。

①何逊，南朝梁人，擅长咏梅诗。

②庾公，他有一匹的卢马，传说于主人不利，有人劝他卖掉，他说那不是祸害别人吗？于是拒绝售人，人称有德。

第三十八首　孤梅

离群不用闷伤神，断岸孤村处养真。

素质风前低舞鹤，绡裳月下独归人。

远违公主宫妆额，曼隔金舆辇路尘。

冷蕊疏枝难索笑，惟应诗客自寻春。

第三十九首　移梅

山翁有法妙如神，种果栽花不动真。

带玉移来姑射树，近檐陪笑杜陵①人。

枝头未有胜巢力，根上宜培满地尘。

独忆夜来双翡翠，不知何处别雪春。

①杜陵，一位在贫瘠土地上勤耕的农夫。

第四十首　疏梅

溪边一树澹风神，落落疏疏意味真。
瘦骨自怜临水貌，满枝犹恐断肠人。
横窗有数空惊月，落地无多不蔽尘。
东客才人莫惆怅，诗工必在满林春。

第四十一首　老梅

头角峥嵘怪且神，水村株下露其真。
已经世上千回雪，曾见江南几度人。
病干看花终待暖，苍皮护藓暗凝尘。
龙钟原是丈人行，不与后生争早春。

第四十二首　新梅

接竹通泉为养神，移栽未久岂其真。
当窗数朵高于鹤，拂槛一枝长比人。
弱质几曾深岁月，贞姿便欲傲霜尘。
草堂自此添幽兴，分得西湖一般春。

第四十三首　矮梅

婆娑一树矮风神，竹里松间浅露真。
傀儡乍疑妆粉面，侏儒可作折花人。
过桥无分横清影，近地何由避俗尘。
赖得东风仗公道，不伦高下一般春。

第四十四首　远梅

冰魂缥缈远凝神，伫望徘徊恐未真。
映雾宛同招鹤侣，隔溪绝似浣纱人。
移栽拟开池台地，折赠难追驿骑尘。
寄语扬州何水部①，空宫一曲断肠春。

①何水部，何逊，八岁能赋诗，有文才。

第四十五首　落梅

冰饥消瘦减精神，竹外墙头顿失真。
满地可怜前夜雨，随风还恋旧游人。
残妆擦上宫娥额，褪粉悉沾乡袜尘。
何事东君不留客，孤山消得几多春。

第四十六首　盐梅

瓮时天机妙入神，碱酸交构始令真。
和羹宜献商岩①叟，止渴休怜汉贼②人。
细嚼疑回甘露味，试拈先染粉霜尘。
诗家得尔添新兴，却忆西湖旧采春。

①商岩：商代人，初版筑于野，后被商王武丁举以为相，商岩被比喻为在野贤士。所谓版筑，即夹板舂土筑墙，造屋。

②汉贼：比喻蜀汉和曹贼不可并存，不共戴天。

第四十七首　黄梅

造化无端妙有神，青青夜幻貌黄真。

初逢尽作攒眉客，怕说应怜病齿人。

东阁一年花似梦，南京四月雨如尘。

阿谁若负相如渴，消得枝头半点春。

第四十八首　青梅

昨夜东风谢花神，换得枝头颗颗真。

黄熟未惊犀浦雨，甘酸先惬茂陵人。

压枝初学鸡头子，落地微惊鸟足尘。

更忆曹瞒①有奇计，三军牙颊尽回春。

①曹瞒，即曹操。

第四十九首　粉梅

姑射先姝雪赋神，靓妆淡服貌难真。

独饶西子为前辈，不让何郎①作玉人。

素影难分孤嶂月，芳姿怕杀六街尘。

一枝逍得林逋兴，不必西湖万树春。

①何郎：三国魏驸马何晏，喜化妆，人称傅粉何郎。

第五十首　红梅

东风为换旧精神，试问逋仙伪也真。

绕树绛纱龙瘦骨，谁家红粉传佳人。

寒香时吐樱桃口，冷艳新分芍药尘。

却忆当年两高髻①，倚栏吟赏蜀州春。

①蜀州薛涛和卓文君两美女、才女。

第五十一首　寒梅

溪山万水冻伤神，独有孤根善养真。
清瘦不渐孤舟子，龙钟恰似灞桥人。
水凝疏蕊成珠颗，雪压长梢戴粉尘。
直待阳和回暖处，杖藜来年满林春。

第五十二首　瘦梅

老龙瘦骨鹤精神，影落窗前宛逼真。
赐浴池边新洗态，细腰宫里病回人。
清添东阁吟遥兴，酷怕西风扇外尘。
记得去年行乐处，如今减却旧时春。

第五十三首　檐梅

昔年移种苦劳神，此日功名乐独真。
清影绕檐无俗士，幽香入幕称诗人。
当时何用金樽酒，索笑时挥玉尘尘。
昨夜东风大狼藉，却愁吹落隔窗春。

第五十四首　宫梅

深深紫禁护精神，一夜东风满树真。
太液池边花似雪，含章宫里玉为人。
朱帘半卷窥红粉，彩槛横遮远市尘。
大低都缘生得地，人间天上一般春。

第五十五首　咀梅

素耽甘苦爽精神，嚼破青青味更真。
入口实能消渴肺，甘心不作皱眉人。
蟠桃何用夸仙果，荔子无劳走骑尘。
我欲献之调鼎客，溥令四海尽成春。

第五十六首　盆梅

婆娑小于绝如神，好手描来未许真。
数寸寒条微带雪，一盘清气却薰人。
弱根浅露泥中线，纤质终胜几上尘。
几度啄头三臭处，教人端的满腔春。

第五十七首　尝梅

开筵树下娱精神，吻我相忘混一真。
眷恋岂非花入眼，徘徊祇是酒迷人。
持杯光漾千枝雪，灌地香沾数点尘。
酩酊不知归路晚，陇头春带瓮头春。

第五十八首　蟠梅

交加屈干暗生神，怪状奇形揉书真。
久后曲成皆得性，初生蟠结本由人。
疑霜令蕊疑堆玉，俯地寒梢不蘸尘。
但愿根深风不动，自然引透地雷春。

第五十九首　千叶梅

一树参差别有神，远看如伪近还真。
青皇为异琼花片，翠袖重状粉面人。
不断清香来纸帐，却添清影护苔尘。
主人觅得谁家种，胜比西湖旧日春。

第六十首　鸳鸯梅

不见东风错用神，固应和气觉天真。
双飞白日非尤物，并蒂同心亦世人。
结子愿与枝上老，落英甘共树根尘。
阋墙取帛成何事，请看西湖连理春。

第六十一首　绿萼梅

绿珠花去作花神，消息深藏浅露真。
翠袖半含窥户态，玉颜微现倚楼人。
月中清逗婵娟影，露下寒生流瀣尘。
不用暗香来扑鼻，冰魂老却不知春。

第六十二首　胭脂梅

孤山仙子玉为神，误把胭脂换旧真。
风动朱唇如欲语，酒回颖脸似迷人。
晕分勿漏丹砂气，香接嫦娥蕊白尘。
曾到元都看烂熳，梦中疑是一般春。

第六十三首　西湖梅

见说西湖最有神，梅花万树总天真。
孤山月上影横水，天竺风来香逐人。
佳句一联穷妙相，高名千古播清尘。
可怜和靖今何在，风物依然似旧春。

第六十四首　东阁梅

吟对梅花越有神，扬州何逊得天真。
杜陵西蜀传佳句，裴迪东亭忆故人^①。
疏影乱横宫含月，暗香时度印函尘。
水曹一去无消息，冷落东风几度春。
①杜陵，杜甫自称杜陵、少陵，杜甫和裴迪皆唐代诗人。

第六十五首　清江梅

见说清江树若神，酒家门巷老天真。
横枝阔过三间屋，到坐堪容数十人。
晓气湿含苍藓露，暖风晴飘彩丝尘。
去年曾问重游客，还有疏花报早春。

第六十六首　罗浮梅

罗浮山下有花神，饱历风霜惯化真。
素服远近宫盖容，淡妆绝胜绮罗人。
嫦娥纤学初弦月，舞雪低番大袖尘。
却笑赵郎^①迷不误，梦中惆怅几回春。

①赵郎：名朗，字公明，神话中的财神，赵公元帅。

第六十七首　孤山梅

冰霜骨格雪精神，开遍孤村树树真。
放鹤时逢探花客，骑驴旧有过桥人。
寒香久断弦歌梦，素质犹嫌枝履尘。
祇恐楼台横玉笛，随风散作万家春。

第六十八首　汉宫梅

武花何事惜花神，移入萧墙日对真。
弄玉①焚辞三岛路，太真②貌压六宫人。
几劳玉手扪疏影，时赐温汤涤旧尘。
东阁西湖空烂熳，若为比得内园春。

①弄玉，春秋时秦穆公女，故称秦娥，嫁善吹箫之萧史，日就夫学箫，作凤鸣，后双双飞天升仙。
②太真，唐玄宗宠妃杨玉环的号。

第六十九首　廨舍梅

公庭何事日怡神，庭外梅花足养真。
寄远寅逢驰馹使，吟诗且学姓何人。
岁寒拟结金兰契，冰雪能消案牍尘。
斯立双松老归鹤，蓝田争及广陵春。

第七十首　书窗梅

吾伊夜夜若劳神，更向癯仙话道真。

何事玉堂金马客，却寻常舍竹篱人。

冰姿怕近青藜火，素质能消紫砚尘。

祇有丹心总相似，百花头上要争春。

第七十一首　樵径梅

云边幽独称精神，谷口宽闲足慰真。

弄影时逢烂柯①客，息肩亦有读书人。

花闲难压丁丁斧，地僻应无滚滚尘。

纵使东风难飘落，苍苔满地藉余春。

①烂柯，南朝梁任昉《述异记》：王质山中打柴，观仙人对弈，逗留片刻，发现斧子已烂，回去，人间也发生巨变。

第七十二首　道院梅

姑射仙姝自有神，更从琳馆伴修真。

肌肤瘦削功成处，体态轻盈羽化人。

月上影疏烧药灶，风生香度炼丹尘。

元都纵有桃千树，争及花魁占上春。

第七十三首　柳营梅

戈戟霜明泣鬼神，癯仙①何事此楼真。

营中但识将军令②，灞上岂同儿戏人。

缓急须云曾止渴，飘零谁愿易沾尘。

不如回首西湖路，子结阴成满树春。

①癯仙：瘦骨仙子，这里指梅枝。

②汉朝周亚夫军细柳故事。

第七十四首　茅舍梅

孤村一树淡风神，矮矮茅茨足寓真。
寄陇怕逢关外使，编篱多谢宅边人。
封培不假耰锄力，咿轧何妨机轴尘。
亦有东家黄发叟，杖藜时探隔篱春。

第七十五首　药畦梅

谁家药圃种花神，花悦心清药养真。
影动时逢携瓮客，香中日有采芝人。
柯蕃恐作长镵柄，子落须防短屐尘。
调鼎延年皆伟绩，杏林未许独当春。

第七十六首　蔬圃梅

蔬畦数亩浸楼神，老干疏枝澹却真。
寂寞何殊浣溪叟，龙钟酷似汉阴人。
树间时见挥锄影，花下频惊步履尘。
咬断苦根良不恶，和羹滋味一般春。

第七十七首　前村梅

寂寞荒村可怜神，癯仙偏爱此安真。
瘦于烟际孤栖鹤，甘作风前独立人。
寒日当空花有影，冻云垂地草无尘。
不劳车马频相过，赢得清闲自在春。

第七十八首　照水梅

本凭秋水作精神，又向溪边巧露真。
香逼龙宫弄珠女，影侵鲛室纤绡人。
林逋梦落清冷露，何逊神游汗漫尘。
试向花前如俯仰，波心岸上一般春。

第七十九首　十月梅

摇落群芳正怆神，小园惊见一枝真。
街头红杏非前辈，篱下黄花是故人。
白带蒹葭秋水露，香凝橙桔粉霜尘。
由来十月东风违，偷得阳和一线春。

第八十首　二月梅

千红万紫斗精神，不意梅花乃未真。
盖是冰姿怜病骨，非关老眼看旁人。
后时莫怪寻花客，末路难饶踏翠尘。
终让群芳大人行，东君留作当余春。

第八十一首　未开梅

蕊珠仙子巧藏神，不到时来不露真。
东阁寂寞吟句客，西湖愁绝看花人。
月明今见参差影，风度微生夭北尘。
愿得东风生两翼，飞来枝上趁先春。

第八十二首　乍开梅

一阳才动便精神，昨夜枝头渐露真。
疑疑含情如欲笑，盈盈将语尚羞人。
凝香薄傅峨眉粉，带雪轻分蝶翅尘。
安得临风挝羯鼓，霎时开遍满园春。

第八十三首　山中梅

山中闻说有花神，樵客行来恐未真。
苔藓惊回先路仆，雪深辜负探花人。
枝头遥听莺簧响，洞口浑无鹤迹尘。
料得年年岁寒候，惟应木客见先春。

第八十四首　城头梅

高占城头俨有神，几年移种果谁真。
爱于召伯甘棠树①，恐是商岩板筑人。
香彻九霄多雨露，花明千里净风尘。
诗家若得梅评品，又奇花魁占上春。

①召伯，西周时人，《诗经·甘棠》：勿剪勿伐，召伯所茇。

第八十五首　水竹梅

溪边竹外养精神，潇洒清奇足慰真。
湘女半窥临水貌，吴姬微作隔帘人。
凌波路近差移步，染翠裙深迥绝尘。
多施东风巧妆点，不妨夸作十分春。

第八十六首　担上梅

折得梅花越有神，担头斜插乐天真。

清于东阁吟诗客，闲此西湖放鹤人。

低压两肩轻看步，香通渴肺润消尘。

傍人借问从何得，便是前村昨夜春。

第八十七首　水月梅

冰魂得月似传神，疏影横波更逼真。

一树倒点天上种，数枝斜插镜中人。

蕊枝冷浸蛟绡①泪，香粉清涵兔白尘。

若有霓裳花下舞，嫦娥争是广寒春。

①蛟：通鲛，鲛绡，传说是鲛人所织的绢帛。

第八十八首　枝头梅

寻春日日闷精神，步向桥东偶见真。

满树繁开如有主，一枝傍折竟无人。

扶身杖载天边雪，归路香生屐齿尘。

儿女倚门迎笑道，今朝何处却逢春。

第八十九首　隔帘梅

琼花满树正精神，奈隔班帘见未真。

我道梅花天上雪，梅花疑我雾中人。

月传疏影横窗纸，风度幽香洗渴尘。

毕竟呼童扫湘竹，移床相迎赏芳春。

第九十首　照镜梅

菱花镜里对花神，道是非真却是真。
弄玉险呈波底貌，飞琼新嫁月中人。
寒香近隔嫦娥面，秋水清涵仿佛尘。
却羡物灵心匠巧，一枝分作两枝春。

第九十一首　玉笛梅

夜间横玉顿伤神，万树冰姿尽失真。
何处清凉肠断曲，谁家轻薄倚楼人。
随风吹落和羹味，对酒难消渴肺尘。
莫怪诗人无好句，晓来惆怅满庭春。

第九十二首　纸帐梅

溪痕上幅写梅神，低护主床乐我真。
香雪窝中康节①老，白云堆里华山人。
清贫何必芙蓉锦，淡泊惟甘水墨尘。
几度梦酣呼懒起，罗浮风味不胜春。

①康节：北宋邵雍，谥号康节，哲学大师。传说其母受孕时满庭云雾。

第九十三首　琴屋梅

挂壁丝桐已有神，梅花绕屋更清真。
香生膝上调弦指，影作窗前按谱人。
玉骨誓同箕子①操，冰魂焚断蔡姬②尘。
月明夜静休三弄，留取枝头次第春。

①箕子，商纣王之太师，因与纣王暴政不合，率百人趋走朝鲜立国。

②蔡姬，齐桓公之妻，同游湖上，蔡姬嬉水，泼水荡船，令王生气，遂退回蔡国。

第九十四首　棋野梅

局上庞梅总有神，横斜影里见机真。

飘风时逐度河卒，索笑谁为得意人。

弱质怕开车后炮，芳姿怯逐马前尘。

一声剥啄林鸦散，减却枝头几点春。

第九十五首　僧舍梅

华光畴昔为传神，才入空门便悟真。

老骨峥嵘禅病相，清骨消瘦病回人。

花依低树滋甘露，影落经坛绝点尘。

好住山中作幽独，人间僧舍一般春。

第九十六首　钓矶梅

压伴山神伴水神，却将心事诉元真。

陇头使者非吾愿，矶畔先生是故人。

疏影不惊鸥鸟梦，暗香时逐钓丝尘。

金樽檀板休相访，欸乃声中别有春。

第九十七首　半开梅

霜肌雪质美风神，尽向孤山半露真。

轻粉乍匀西子面，淡妆初出蕊宫人。

横斜影里添新晕，南北枝头脱旧尘。
传语阳和莫催促，动人惟此四时春。

第九十八首　全开梅

阳和有足迷通神，一夜枝头尽露真。
东阁五更花似雪，西湖十里玉为人。
凝风欲作霓裳舞，临水浑清素袜尘。
祇恐东君不留客，明朝减却四时春。

第九十九首　水墨梅

谁将水墨为传神，袖里春风大逼真。
黛色薄宠宫样客，元霜轻拂粉妆人。
寒香欲动鲛绡帐，冷艳难磨兔颖①尘。
几度诗人看仿佛，却疑身在后园春。

①兔颖，兔毛制成的笔。

第一百首　画红梅

小儿造化逞精神，描得红梅宛若真。
酒晕旧回西子脸，丹光轻射广寒人。
月明惟欠横斜影，风动疑来窈窕尘。
是画是生俱一梦，邯郸枕上片时春。

（辑录胡秋林　校注周承忠）

胡广赋诗寄乡愁

　　思乡是人类共有的感情，然而中国人表现得更为浓烈。无论是在外求学、做官、经商、打工，暂别故土，或转徙他乡，心中总有一块乡根在生长。中国是个经历了数千年的农耕社会，长期的宗法制度，把个人和家庭家族紧紧联结在一起，所以对故乡、亲人的眷念更显突出。有人说，中国文化就是乡愁文化。乡土是植入血脉中的基因。

　　胡广的青少年时代，在故乡读书生活，对故乡的山水风光留下很深印象。由他父亲创建的长林书屋，是陪伴他成长之地，是他每天学习和游乐之所。他在《长林书屋记》中写道：

　　　　予家螺川之东，芙蓉峰之麓，沧州之滨，先人之故庐在焉。旧有豫章二株，左右对植，相去百余步，而柯叶承接，繁英蔽空，连数十亩。其下列以修篁，杂以嘉木，望之蔚然苍翠。春夏之交，秾阴浸润，涨满阶闼，风晴日暄，禽鸟和鸣，有自然之韵；炎日盛暑，萧爽如秋。予为童子时，读书斋阁，或翻阅于小楼之上，倦则出门，偃休乎长林之下，或坐石而钓，或依竹而吟。间与二三友朋讨究经典，或从事于壶觞琴弈，不知尘杂之蒙心，饥寒之迫体，与夫日之暮而岁之徂也。

　　修竹环绕，浓荫蔽空的幽静环境，与二三友朋或畅谈论道，或小酌煮茗，或弄琴对弈，忘却身外之事，好不惬意快哉。这是他身居高位时对少年时代的回忆，这种无忧无虑的生活，在他记忆中打下了深深烙印。他与朋友赋诗，也会忆及当年耕读生活点滴：

南山耕读诗与刘仲镗

我爱南山好，幽偏称隐心。
凿池留月鉴，开径出云林。
稻长千畦绿，松园四座阴。
时时耕与读，兴复在瑶琴。

还有借题画来写思乡情：

题枫塘尹处士子载石田茅屋图

子家芙蓉东，我家芙蓉西。
相过只隔二十里，白云萝径苍松低。
我有长林茅屋临洲渚，子有石田茅屋听山雨。
幽栖自惜兴颇同，我出何因子仍处。
屋南春动流新泉，呼童驱牛耕晓烟。
瓮头酒熟常醉眠，万事不理心悠然。
我忆故乡山水好，梦回只在文江道。
石田数亩若肯分，与子相期种瑶草。

这山水本来就是一幅多彩的田园风景画，画面上的山雨流泉、煮酒躬耕，就是实实在在眼前的风景。或者说，眼前的自然风光远胜于图画。末句很有趣，你石田的地能否分几亩给我？让我也同你隐居于此，我们一起来做种紫芝的仙人吧。家乡周边景物，是他最熟悉的和常徜徉之地，他曾为山居八景分别写了一首诗，八景即：芳洲春草、竹坞云林、沧江烟云、天玉泉石、石屋晴岚、墨潭秋月、螺江晚照、芙蓉寒雪。

芳洲春草

芳洲倚江濆，弥弥水萦抱。
地偏行迹稀，物荣觉春早。
和风扇淑气，骀荡滋青草。

竹坞云林

种竹绕门巷，岁久还成坞。
高林翠连云，茂树阴欲雨。
开轩荫夕凉，荷风散微暑。

石屋晴岚

家临石屋边，门对章江流。
上有百仞山，下有千丈湫。
西溪旧钓徒，要我乘渔舟。

螺江夕照

螺冈西南转，夕阳薄其阴。
回光照墟落，耀我门前林。

天玉泉石

峨峨天玉山，上有仙人居。
境偏众嚣寂，其下是吾庐。
盘间多奇石，泉沃壤膏腴。

鞭牛自耕种，日旰尚犁锄。

朝出暮还家，向曙复如初。

但望稼穑成，焉惜劳微躯。

岂不见古人，服力尚勤渠。

秋至百谷登，禾黍盈村墟。

鸟雀亦自得，人心固欣如。

东邻新酿熟，招邀酌园蔬。

劝酬意直率，一饮连数壶。

不觉颜然醉，枕石卧将晡。

醒来浴清流，乘风咏归欤。

襟怀澹无营，聊诵架上书。

懒学巢居子，愿作希颜徒。

谋生岂在多，箪瓢顾有余。

竭来谒金门，翰墨□虚誉。

名实两难称，何以厉迁疏。

素心正耿耿，怀昔惟慎诸。

《天玉泉石》是一首长篇古体诗，开头便点出天玉山是仙客居住之地，赋予一道神秘色彩，接下写山泉奇石。诗着重表现的是山下人们的日常生活图景，农家辛勤劳作，人们获得丰收的喜悦，热情好客的主人相邀作者畅饮。他醉过，酒醒后发出感慨，人生到底应该如何对待？要么学隐逸的巢父、要么学有志的颜回。巢父是传说中远古的隐士，他夏天住树上，冬天住山洞，整天似无所事事，心中却有治国之才；而颜回志向高远。晋虞溥《厉学篇》："夫学者不患才不及，而患志不立。"求学之人，不必忧愁才能不够，而应该忧虑志向不立。胡广身居高位，认为虚假的名誉不能代表自己的才能，而名声和实际两相称才是重要的。

思乡之情，往往在送别友人时忽然涌上心头，《送刘孟献归乡》：

井上辘轳夜深转，露湿梧桐秋尚浅。

楚泽游人别思多，茂陵行客归心远。

谢公墩边开祖筵，岂惜千金沽酒钱。

与君痛饮莫辞醉，嗟我未归空自怜。

酒尽扬铃渡前浦，过雁一声啼暮雨。

但得北风吹布帆，才及西江即乡土。

到家正值秔稻香，新收芋栗和炊尝。

山中故人聚欢笑，灯前儿女牵衣裳。

城南黄君好静者，读书只在长林下。

相烦为致别来情，不用裁笺更挥笔。

本来是为送别朋友而写的诗，然而"嗟我未归空自怜"，他在诗中流露出自己不能归家的伤感，对故乡深深的怀念，谈起只能在梦中回到故乡时才有的欢乐。又如：

送李辅归乡

都门曙色已曈昽，相送离亭思万重。

日下红尘迷远骑，云边紫阁度疏钟

家书欲寄双凫渚，乡梦先过五老峰。

同学归游频寄语，别情应似宦情浓。

送李生还乡

李父超扬已绝伦，阿宜文采照青春。

月生合浦明珠出，日暖蓝田白玉新。

天上未归同作客，山中若到定怀人。

还家已遂幽栖志，绿树清池理钓缗。

还乡的人，不日便可到家与亲人团聚，而自己只能带回音信却不能亲身归去，这种无奈、伤感是痛苦的。思乡，这个乡，是更广泛的乡土，不单指他的故里，也包括他曾经游学交游的地方；思亲也不是单指家族长幼亲属，也包括师长、同窗、友人。他的老师解开（别号筠涧）辞世的消息传来，他很悲痛，却只能将一腔哀思倾诉于诗：

哭筠涧先生二首

一

忆从帐下坐春风，倾矿曾承铸冶功。
离别怆情生死隔，音容入梦有无中。
鉴绿水湖明阡外，筠涧青山绕郭东。
南望乡园频洒泪，心丧未展恨无穷。

二

怅望荒原惨客情，一尊何处拜先生
江南道学无前辈，海内衣冠失老成。
散帙欲编床上槁，伤心忍写墓间铭。
不堪肠断相思处，况是西风急雨声。

解缙与胡广，生同乡，学同窗，仕同僚。解缙的父亲解开即他俩共同的老师。在胡广的许多老师中，他是最重要的一位。解开的学问闻于四乡八里，在吉安吉水称誉一世，"江南道学无前辈，海内衣冠失老成"，他的去世怎么不叫人惋惜和思念？还有为朋友宋纪善的祖居瞻云轩赋诗，也会触动自己对父母的哀思。胡广的父亲胡寿昌在他八岁时便逝于任上，他在回忆父亲时说："先公居乡党，治家理官，未尝不敬。对人无疾言遽色……有孤弱者，矜怜扶植，不使失所，故仕宦所至多惠爱。凡有利于民者，尽心竭力，不辞劳瘁……历官数任，不随一仆所处，萧然无异平时。暇则赋诗畅怀，寄兴高胸襟湛然。"

他借为宋氏赋，寄托自己的思亲之情：

瞻云轩为宋纪善赋

瞻云复瞻云，云飞何缤纷，倏忽变化如轮囷。

肤寸而合连五岳，东浮旸谷西昆仑。

宋君独居小轩下，瞻云思亲感霜露。

二亲已远思不穷，墓门芳草春蒙茸。

几年不滴寒食酒，镜里红颜成白首。

白首家山未赋归，瞻云空有泪沾衣。

轩前种得垂杨树，忍听慈鸟来上啼。

开头说云呀云，云在飞，倏忽间却变化很大，连着五岳、昆仑。接着便转到对亲人的思念，昂首天上白云，思亲的泪水涟涟。另一首骚体诗《白云辞》也是如此触动他的泪腺：

朝望亲舍兮白云高，暮望白云兮亲舍遥。

白云高兮犹可望，亲舍遥兮徒梦想。

安得白云兮同上下，朝登玉堂暮亲舍。

白云高飞兮不可结，泣涕滂沱兮两愁绝。

胡广不但是明初著名的政治家，而且还是儒学家、文学家、书法家。他很有诗才，据统计，诗作有九百多首传世，包括各种题材，其思乡、思亲和山水田园诗也有百首以上。他二十九岁中状元，然后便在京城等地为官，近二十年间，仅在母亲去世时回过故里天玉一次，长期的仕宦生涯，与故乡、亲人分离，他的乡愁非但未淡，而且越酿越醇，变得更为浓醇，这种乡愁只好用诗文来抒发。他的诗作，虽多用白描手法，但是其情感真挚，艺术造诣较高。天玉山是胡广命名的，他的故里、祠堂、墓园就在天玉山下。是天玉这方土地养育了他，造就了他这颗灿烂光华的魁星，他则以他歌赞故乡的诗作来回报他魂牵梦绕的故乡。

（周承忠）

胡广崇文重教的故事

明朝建文二年，天玉山下青年胡广，状元及第告别故土，在他的家乡留下许多崇文重教的故事。

赣江蜿蜒千里，一路北去，流经庐陵城突然宽阔起来，河东岸大洲上有个山清水秀、树木葱郁的村庄——胡家边，这便是胡广故里。面临逶迤清澈的赣江，对面有孤兀青翠的螺子山、文风浓厚的白鹭洲，背靠道教福地天玉名山，佛教圣地净居禅寺，可谓风水宝地。

南宋时，胡资（字敬之）系名臣胡铨六世孙，仕修职郎。他率家族从庐陵芗城迁徙斯地，开基兴业。胡广的高祖父胡资、曾祖父胡鼎亨、祖父胡弥高、叔祖父胡子贞、父亲胡寿昌皆业儒，以德行称乡里。胡寿昌（1333—1378），字子祺，秉承祖传的崇文重教的家风，聪慧好学，治《尚书》，习《五经》，凡天文、地理、兵律、历律无不精。无奈生不逢时，正值元末战乱政局动荡年代。他虽有满腹经纶之才，经邦济世之志，却无法施展，因此便在家中设馆办学，专心教谕族中弟子，造就人才。他将自住房舍改作书院，绕屋植松柏，开轩面翠林，取名"长林书屋"。族谱记载"屋中藏书两千，弟子数十"。洪武年间，他列文学之选被任命为监察御史，出任广西按察金事，后改任彭州知府，延平知府。

胡广在洪武二年诞生于"长林书屋"，自幼在长林书屋读书，父亲成为他的启蒙老师。稍长，便拜吉水县城名师解开先生就学。解开先生是解缙的父亲，胡广与解缙同窗且同庚，他二人均生性聪慧，才思敏捷，相辅相成，学业精进，可谓一对神童。

然而，天有不测风云，胡广九岁时丧父，家庭突遭变故，维持学业发生困难，叔祖父胡子贞对他怜爱有加，将其放在身边亲自悉心调教。胡广笃志力学，吟诗作文不辞寒暑。叔祖见他学业大有长进，便以故乡风光为题，让胡广作诗吟咏。胡广凝视故乡山水，远峰如黛，江水如练，秋色宜人，挥笔而就写成《题江头八景》，至今传为佳话。其中第一首是：

芙蓉隔江罗翠屏，孤峰独拥金螺青。

两山秀色抱青翠，千古气入秋冥冥。

胡子贞读诗后，感到他出句不凡，甚为高兴，便与其母吴氏商议："广儿赋诗行文具状元之才，应速从高师淬炼。"于是命胡广游学于闽粤，转益鸿儒黄伯器先生，攻研经学。几年后，胡广回到"长林书屋"继续钻研，诗词曲赋，临帖摹碑，挥毫泼墨，满腹经纶，下笔行文有行云流水之势，赋诗深得盛唐之趣，尤工书法，行草之妙，独步当世，才气非凡。

果然，建文二年大比之年，胡广会试夺得第八名，殿试对策以"亲藩陆梁，人心摇动"等语攫取帝心，甚得帝意，建文帝遂亲擢其为进士第一名。

胡广高中状元，走出了故里的"长林书屋"。

胡广崇文重教的精神世代相传。他有三个儿子，长子胡稹，官居翰林检讨，次子胡穆、三子胡穗。他们出身于书香门第，从小沉浸在浓厚的崇文重教文化氛围里，受到良好的家教，每日做功课、读书、习字、学诗、作对子，学业精进。长大后，他们在外或为官，或业儒，唯有崇文重教的家传风气不变。胡广的后人、乡里乡亲世世代代奉行耕读传家，重德修身家训，缅怀先祖，效仿先贤，好学上进。尤其在改革开放后，村民崇文重教风气更加浓厚，几乎每家每户都有大学生乃至研究生、博士生、教授，为国家输送大批优秀人才。

胡广故里胡氏宗祠上厅宝壁正上方高悬"種德堂"大匾，左右楹联"種植書田莫忘忠臣懿范，德昭字水共追宰相休風。"此联彰显了胡家边村良好的村风、家风。崇文重教，薪火相传，绵延永远。

（胡秋林）

胡广诗抄

胡广是明初著名文学家，其作品集《胡文穆公文集》共 20 卷。其中诗有 920 多首，包括扈从诗 264 首，送别怀友诗 144 首，怀古咏史诗 60 多首，山水田园诗 100 多首，赠答唱和诗 200 多首，应制诗 50 多首，题画诗 60 多首，组诗 30 首。这里我们从他各类题材的诗中选择部分，以窥视诗人的心路历程和他的文学成就的豹之一斑。

五言律诗

西园

西园临绝峤，草树有馀清。浦月随潮上，山云带雨生。

密烟笼暝色，虚籁发秋声。长忆幽栖趣，都忘轩冕情。

*轩冕：士大夫的车子的冕服，借指官员。

中秋夕示诸儿

五载从巡狩，三年住北京。中秋气巳肃，今夜月偏清。

佳节催吾老，诗书望后生。遥知把酒处，重有忆亲情。

*巡狩：原意狩猎，这里是说皇帝巡视邦国州郡。

次广武镇

万里胡天阔，归期已及秋。草缘行处绿，山积去时愁。

学武惭无术，攻文不济谋。惟应班定远，投笔取封侯。

*班定远：班超投笔从戎，万里封侯，封定远侯。

过长城

北度长城外，重经又五年。寒云低接塞，荒草远连天。

扈从乘时出，驱驰计日还。男儿事功业，应不羡张骞。

*扈从：皇帝出游、出征时的随从人员。

七言律诗

秋日早朝

秋满都门一雁飞，轻罗初拟试朝衣。

城头鼓角催更尽，阙下星河向晓稀。

佳气入云浮紫殿，新凉先雨到彤墀。

涵濡共际雍熙日，谁识阳和造化机。

*雍熙：宋太宗年号，含有和乐的意思。

北京八景（组诗选三首）

卢沟晓月

断云斜月影苍苍，照见桑干河水黄。

茅屋居人醒残梦，石桥行旅乘余光。

远市生烟灯火灿，平沙明雪川途长。

几随仙跸来游幸，萧萧马色凌寒霜。

*跸：帝王出行的驻地，叫驻跸。

金台夕照

数尺荒台低接城，千古夕阳送晚晴。

青山半边欲将掩，红叶满林相与明。

迢迢烟景蘼芜思，冉冉年华桃李情。

黄金之名犹不泯，至今一统见升平。

*蘼芜：中药川芎的苗，香草。

居庸叠翠

军都之山矗居庸，飞崖曲折路当中。

白画千峰阴欲雨，翠屏万叠高连空。

西望洪河砥柱小，东接沧溟碣石雄。

天非长城限南北，神京永固无终穷。

过景州

孤塔亭亭对夕曛，荒草去雁不堪闻。

百家市井空无水，一片风沙远接云。

故垒高低基半废，古河湮没路中分。

鸾舆巡幸当春日，今肃行营按六军。

送江仲隆

十年清宦住京畿，白发萧萧老布衣。

乡里交游前辈在，关河离别故人稀。

官桥细柳藏新雨，水驿轻帆背夕晖。

我有愁怀何处遣，秋来日望雁南飞。

登小孤

岩龛石磴倚崔嵬，过客登临此处来。

仙子不归遗庙在，寒潮长送夕阳回。

江连湖汉天无际，山拥灊庐雪欲○。

暂把一杯酬旅况，不须怀古重徘徊。

＊灊庐：灊山和庐山，灊山即今安徽潜山。
小孤山在长江中，可望灊山庐山。

庐　山

庐阜高寒插剑铓，晚晴遥望入苍苍。
千寻华盖从天下，九叠屏风带雪张。
影落平湖青黛小，秀分南纪白云长。
他年五老能招饮，便结松巢跨石梁。

＊庐阜：庐山。南纪：长江、汉江，南国之大水系。

将至南浦望豫章城

长江风景晚萧骚，极目孤城客思劳。
南浦一流烟浪阔，西山千障雪峰高。
驿亭暝色催官舫，水国春寒入布袍。
谁道别离犹有恨，不妨万里快游遨。

＊豫章：即南昌，南浦、西山皆南昌景。
萧骚：萧条凄凉。

示长儿穜

玉署恩深雨露滋，难将浅薄报明时。
求田问舍非吾事，绩学承家待汝为。
休老不愁无地著，清名只畏有人知。
从来贫贱多真乐，陋巷箪瓢是我师。

和胡祭酒快雪喜晴

风急浮云断复连，寒生孤馆忆青毡。
北京九月先飞雪，南客衣单欲换绵。
金阙岧峣天影近，琼林璀璨日华鲜。

也知东阁多诗兴，漫和阳春写素笺。

*祭酒：国子监的主官，管理全国教育、国子学的主官。胡祭酒即胡俨。

寄刘子通

萧条烟水暗沧洲，别思依依忆旧游。

落叶满林闻雁过，青山隔屋见云收。

窗前清梦三更月，篱下黄花九日秋。

欲问近来为客况，一竿拟上钓鱼舟。

送陈士瞻之归新昌

金门琐闼集群儒，雠校应过汉石渠。

投老却辞天府驹，好贤空赋谷中驹。

闲门修竹开三径，何处扁舟入五湖。

迢递江南看天姥，翠微千片白云孤。

*汉石渠：阁名，建在长安未央宫北，是皇室藏书楼，也在此校勘书籍。

杨庶子云山草堂

昔向云山结草堂，半分山色半池光。

读书捲幔云生座，扫石弹琴月到床。

习静有时惟看竹，清斋无事只焚香。

而今已作金门隐，幽兴毋劳引梦长。

*金门隐：金门即皇宫，身居朝市而志在高远的人，又不愿归隐山林，所谓大隐隐于市。

七言绝句

题内兄陟岵图

赋罢渭阳情不已，天涯相见各沾巾。

秋风总是伤心处，一片云山思亲人。

*陟岵:《诗经·魏风》:陟彼岵兮,瞻望父母。

题竹

疏影浑疑似渭川,修林元不染湘烟。

夜深忽觉凉风起,恍惚秋声到枕边。

题画竹赠别李孟昭

梦断潇湘隔水云,巴歌楚曲不胜闻。

西风无限江南意,尽写华笺卷赠君。

沛县道中

风云还睹旧山河,赤帝兴刘用策多。

父老犹能谈往事,蚤因主进识萧河。

*赤帝兴刘:传说汉高祖刘邦为赤帝子,秦统治者为白帝子,赤帝子斩
白帝子,表明汉当灭秦。

阜城即事

一夜狂风响怒涛,飞沙如雪上征袍。

帐中听角浑无寐,卧看辕门月色高。

古风

饮马长城窟

下马长城边,饮马长城窟。长城多悲风,萧萧动毛发。

借问长城窟,此为谁所掘。云是秦人掘,筑城备胡羯。

暴师十余年,中原困驱役。上有未招魂,下有久埋骨。

噫秦昧远筹,薄伐恶如周。孰知适戍者,睥睨起草头。

可怜阿房宫,一旦为荒丘。唯余故长城,苍茫使人愁。

照水可鉴影,水浊泉不流。向来嗟李广,迄死不封侯。

挺金长天山，悠悠蹜万里。阵横高阙云，气荡单于垒。
神谟制全策，伐暴绥边鄙。溅无汗马功，笔砚徒为尔。

赠　别

驱车出郭门，迢迢欲何之。
驾言向关陇，指日西北驰。
朝登黄河壖，暮投洛与伊。
历览有古迹，凭高多旷辞。
由来贤达人，壮志在西陲。
焉能事局促，徒负蓬桑为。
念子本超宕，雅怀良不羁。
所希在前辙，离别宁足悲。

谒青阳先生祠

征舻泊修渚，前登皖城隅。
旷怀浩无际，吊古重踟蹰。
伟哉青阳公，文武足宪谟。
挽抢动南服，劲气空万夫。
百战抚疮痍，六载枕戈殳。
盼穷援兵绝，力竭形势孤。
天步挽不回，已矣夫何如。
慷慨尽一决，取义以捐躯。
全家萃忠节，之死矢不渝。
精诚悬景耀，赫赫凌苍虚。
纲常振颓俗，靡波障奔趋。
褒扬列汗竹，庙食俨龙舒。
大江逝滔滔，惟有伍相俱。
凄凉古祠下，日夕灵飙呼。

*挽抢：彗星天挽和天抢，古人认为是妖星，主兵祸。

别甥洸

尔由○○来，又向宿州去。

相见始足慰，相别伤情绪。

尔年将及冠，新诗颇能赋。

读书志求道，非云事章句。

勉旃勿怠荒，日月嗟其余。

临行复赠言，耿耿道中素。

草书歌

妙年好武仍好文，伊谁之能赵将军。

精诚皎洁悬白日，浩气磊落横青云。

忆从仗剑事明主，帐下贤劳忘辛苦。

据鞍草檄人共知，破敌搴旗心自许。

只今海宇歌太平，侍从彤墀承穆清。

朝罢临池恣挥洒，笔阵飘逸令人惊。

势如激电起倏忽，又似秋空抟健鹘。

恍疑危石坠巅崖，歘若潜蛟跃溟渤。

神情冲澹更萧散，何用公孙舞经眼。

昔时浪夸金错刀，此际须为铁门限。

坐令索者走如市，积轴盈箱更盈几。

毫端变化不可测，骞予亦有好书癖。

学久无成徒叹息，请公为我写数张，毋使高堂空素壁。

燕辞巢

燕燕飞，双呢喃，尾翛翛，毛氄氄。

东邻西舍穿欲遍，乍去忽来看人面。

东家有屋不我容，西家屋破愁雨风。

营巢寄栖只如客，嗟胡为乎于我阨。

所求寸隙暂安窠，主人不容将奈何。

渴不饮尔浆，饥不啄尔粟。

广厦庇梁上，焉用苦相逐。

西家却有贤主人，衔泥接食怜我勤。

使我为巢随所择，污书点案俱不嗔。

生雏长大羽翼成，忽然飞去那无情。

燕雏飞去复飞来，别遮袛畏傍人猜。

更借梁间过几宿，为谢主人深煦育。

正恐秋高落木稀，一朝各自东西飞。

主人留我不能住，此意苍黄谁得知。

但愿主人好心事，年年生子来相依。

*翛翛：羽毛残破的样子。

氃氃：毛发或枝条散乱的样子。

雨中过徐州

孤城黯黯埋烟雨，四望凄然一怀古。

马嘶惊度古战伤，共说彭城是西楚。

刘争项鏖竟成空，往事荒凉在眼中。

水声日夜还如昔，汴泗交流百步洪。

*刘争项鏖：秦末刘邦与项羽之争，刘邦终以智取而胜。

题子昂画太白庐山观瀑图

我有千古思，缅怀谪仙人。

高才宇宙间，独立畴兴伦。

清风不可攀，海月悬孤曜。

自昔鲁仲连，偶傥与同调。

向来游匡庐，遥望瀑布水。

银河几千尺，泻落九霄里。

长吟对五老，彭蠡轻一杯。

新诗足寄语，浩荡发天才。

遂令岩石间，草木有生色。

冥楼邈难追，孰为踵前迹。

后来赵吴兴，雅韵亦绝代。

*谪仙人：被贬谪至凡间的仙人，也是才学优异的人，比喻被朝廷贬到地方的高级官员。这里是指李白。

鲁仲连：战国齐国人，平民思想家，义不尊奉秦国帝位。

倜傥：卓越豪迈，洒脱不受约束的样子。

赵吴兴：赵孟頫，浙江吴兴人，元代书画家。

（周承忠辑录校注）

天之玉
Chapter
03

天玉访古

临江古窑

坐落在青原区天玉镇的吉州临江古窑一派寂然。

1990年，声名显赫的京九铁路因它的横空出世，东移200米。"全国保存最完整的古窑作坊遗址"这一独特标签，让"文化天玉"同样声名鹊起。

当年的发现肯定是意外而惊喜的。小小的临江村簸箕岭承载着喧闹与神秘、期待与猜想。随着考古专家紧张细心地发掘、考察、鉴定，隐藏数月的谜底终于揭开：一座先建于景德镇并与之齐名的古窑恢宏亮相。其窑址规模之宏大、制瓷流程之完整、保存程度之完好，令在场所有人感到震惊；其文物价值足以让在建的京九铁路挪移让道，引来我国现代著名书法家、文物鉴定家启功先生欣然挥毫题名"吉州临江古窑"。

历史如此青睐临江，赐誉其"南窑瑰宝"。经考古专家两次抢救性发掘，现临江古窑共揭露遗址面积2700平方米，出土五代及宋、元、明时期的珍贵瓷品、窑具16000余件，窑内陶塘、晾坯台、陈腐池、蓄釉池等67处遗址砌造精细，自北而南，由西至东，从高到低，布局合理，流程规范，几乎再现了明代科学家宋应星《天工开物》描绘的制瓷工艺全过程。专家论证，临江古窑始烧于唐末五代，终于明朝晚期，其始烧时代与吉州窑主窑场永和窑相同，而终烧时间比永和窑整整晚了一个明代。800年的熊熊窑火，映照着临江、天玉、庐陵的历史天空。

一座窑的生命价值远不止此。专家们欣然发现，临江古窑的面世，不仅将吉州窑烧造龙泉瓷的年代提前到元代，并印证文献"碎器仿于元"的记载，而且找到了《陶录》记载的"吉州分窑"。此窑发掘出土的大量明代青花瓷，解决了吉州窑地面散存的零星青花瓷片窑口所在地这一多年来陶瓷考古界悬而未决的问题，印证了《明青与康青》"瓷绘青色，自宋有之，最初得青，在赣之吉安"的论断。陶瓷学术天空，飞架起一道瑰丽彩虹。

临赣水而居，借大江为道，曾经的临江古窑，竟是这般的歌舞，如此的酣畅。"脸朝黄土背朝天，满身泥土把锹掀"；"你碾我打把泥碎，起早摸黑不叫累"；"淘洗不畏难，只要肯苦干。忙里把腰弯，只为泥浆缘"；"千瓶万瓶摆满架，手搬泥土咬紧牙。从小辞家来学艺，精心造型成名家"……从取土、碾碎、淘洗、制坯，到晾晒、修坯、绘制、上釉、装窑、烧制、出窑、外销，这群临江的舞者用歌谣打磨岁月，用汗滴铸烧辉煌。如此忙碌、欢快的劳动场景，他们中谁是临江的"舒翁、舒娇"？他们中谁将名字悄然刻在了浴火的陶片上？

一艘艘航船在赣江整装待发，从吉州驶向九州，从元明驶向今朝。它们曾满载陶之极品、瓷之精品，满载历史钩沉、岁月风华，唯独不见工匠们的芳名永留。他们的名字或许真的深埋在这浩瀚的文明遗存里，在窑火中羽化成了陶之神韵、瓷之精魂。至今，在古窑遗址，我们深深呼吸，依然能嗅到他们生命的丝丝芳香。

繁华落尽，归于寂静。一并寂静的还有同位于赣江东岸的庄塘案山新石器时代晚期遗址、友谊彭家古窑。列车呼啸往来其侧，似乎时光也成了匆匆过客。所幸我们有发现的眼睛，有觉醒的敬仰。

遗址围墙绘满诗画临江。铁门紧锁，我想叩访。今之临江古窑宛若寂寞花朵，似在等待新的绽放。

京九连通天玉永和。赣江西岸的吉州永和古窑已是盛装出场。

铁流滚滚，沧海桑田。在这和煦的盛世，静静的临江古窑，谁将舞出你的前世霓裳？

（罗志强）

五代古窑靓临江

　　一个江南小镇因你而名扬天下,一块青灰釉瓷片将你定格于五代,这就是天玉镇临江古窑,这就是青原区的人文底蕴。透过启功书写的门额,我们看到了簸箕岭上的古窑址,想象当年这里人来车往的盛况。淘塘里匠人踩泥成浆,轮轴旁工匠刮泥成器,茅棚下丹青师在泼墨山水,烟雨中窑烟袅袅升起。之后,一个个坯具在烈火中凤凰涅槃,一件件瓷器精品变得铿锵有声。

　　是金子总会发光,其光芒想埋也是埋不住的,临江古窑隐藏于赣水之滨,犹如一位粉面含羞的村姑躲藏于天玉镇临江村簸箕岭上。1989 年,"向吉铁路"(南昌向塘至吉安)踏勘线路时发现。经 1990—1992 年间两次抢救性考古发掘,出土各种窑具、工具、瓷器共计 16179 件,并发现制瓷作坊 1 处,马蹄形窑 3 座,釉料洗池和陈腐池 19 个,品字形淘塘 4 组 10 个,灰坑 3 个,天井式晾坯台 4 座,散水沟 9 条,轮轴基座 6 个,釉缸 1 个,房基 3 条。

　　经文物专家考证,永和瓷窑(吉州窑)的窑系涵盖庐陵境内的彭家窑、临江窑、吴家窑,且都在赣江边上,临江窑就是永和窑系中的一个分支。临江窑,始烧于五代(约 907),终烧年代在明朝晚期的天启、崇祯年间(约1644),跨越时空七百多年。永和窑场,是景德镇的前身,七百多年,这是一个多么遥远的数字;七百多年,创造了多少瓷器界的奇迹?

　　徜徉临江古窑址,这里简直就是一幅天然画卷,将吉州窑系的大型制瓷作坊遗址展露无遗。这幅画卷,应该叫作庐陵人的"天工开物图"。

　　这幅画够大,面积足足 3132 平方米。这幅画够细,不仅各道工序完整,而且分布错落有致。一处处的坑,一道道的坎,无不昭示着制瓷工序流程的布局合理，分工严密。"柴窑为魁，世不一见。"临江古窑发掘出来的各类青白釉、青花瓷、仿龙泉豆青、青灰釉瓷、仿定窑乳白等实物资料，印证了临江窑是江南地区一座四海扬名的综合性瓷窑，2000年被列为江西省文物保护单位。

瓷器是中国古代的伟大发明之一，"瓷器"与中国的英文名"China"同为一词，说明中国瓷器已经成为世界上中国的象征。青花瓷属釉下彩瓷，是用含氧化钴的钴矿为原料，在陶瓷坯体上描绘纹饰，再罩上一层透明釉，经高温还原焰一次烧成。钴料烧成后呈蓝色，具有着色力强、发色鲜艳、烧成率高、呈色稳定的特点。青花瓷的烧制，唐宋起初露雏形，到了元代，技术才臻成熟。明代青花成为瓷器的主流，清康熙时发展到了顶峰。明清时期，还创烧了青花五彩、孔雀绿釉青花、豆青釉青花、青花红彩、黄地青花、哥釉青花等衍生品种。

赣江一片帆，临江万件瓷。临江之所以能够远赴重洋，完全得力于工匠们的勤劳与智慧。瓷器，是泥土和清水的融合，是釉料与烈火的升华。每一种原料，每一道工序，都是唯美与坚强的交融。只有用心去体验，才知晓陶瓷艺人们的艰辛，才能理解大国的工匠精神和情怀。只有亲近匠人，才知道瓷器丹青师与道佛雕像丹青师一样，必须首先过绘画这一关。宣纸上，毛笔走出的轨迹是浓是淡，决定了瓷绘的取向。瓷器上，釉料染成的背景，彩笔赋予画面的灵气，决定了瓷器的销路。瓷器，容不得你夸夸其谈，容不得你掺杂作假。窑场，需要的是宁静，需要的是创造。

世人皆知明代青花瓷已达成熟，天玉窑的青花瓷烧制年代确定在明代。世人尽赞景德镇瓷器的精美，却不知簸箕岭上的瓷器也是如此亮丽。人们把所有的憧憬都给了青花瓷，偏偏忽略了天玉青花瓷上栩栩如生的人物画。人们把所有的赞美都给了景德镇瓷器，唯独遗忘了簸箕岭上各色瓷品的神奇。

天玉古窑遗址的碎瓷片告诉我们，她那素白玉坯天然去雕饰，素面无华。她那洁白的瓷瓶面也曾清水出芙蓉。这里的瓷器釉质透明如水，这里的瓷器胎体厚重质朴，每一个人物，传神；每一朵牡丹，迷人；每一幅山水，灵秀。手捧一个洁白的茶杯，欣赏着茶壶上倚栏遐思的女子，或是林间鸣叫的鸟雀，抑或玩泥巴的羊角辫小儿，浮躁的心霎时就可沉静下来，也许这才是天玉古窑瓷器的最大功劳。

（钱其昭）

行走大洲

我若干次行走在赣江边的 105 国道天玉段，若干次思想着这天玉的山水村庄。

望得见山，看得见水，记得住乡愁。天玉山因其自然和人文的高度，总让我把它仰望。赣水南来，流过吉安城，绕天玉而北去，好好的景观，却因那片杨树林，让我只能隔空想象。在国道行进，不如说在连片的村落中穿越，清一色的钢筋混凝土，清一色的现代民居楼，三四百户民居沿国道而建，乡愁同样恍若被杨树林隔断，留在了江边的老村庄。

迁上来的村庄还叫临江、邱家、胡家边。新村与老居一面倚山，一面近水，山成了整块区域的地名，水在杨树林的背后渐渐退隐。

老村像位守旧的长者，与赣水相依相偎。江面不见往来船只，水与林围起了一片世外桃源。某日，我偶读《徐霞客游记》，得知了这一地域的大洲古名。大洲，留下了一代游圣的不朽印迹，也留下了一代代天玉人对它的淡忘或铭记。

循此，我有了两次寻迹似的走笔。

出奇的寂静，除了几声林间鸟啼，听不见鸡鸣犬吠。遍洲的绿意，原生态般恣意地生长。古樟掩映村庄，水墨画般等候归人。空气中散发着植被的青涩和牛粪的气味，每一次深呼吸，我都在感觉离这村庄的灵魂越来越近。

曾经去过胡家边，那是明代状元胡广的故里。当年胡广毕竟遇上了靖难之变，加上大魁天下后荣归故里时发生的"打马立基"，这位状元公历史上算是位有争议的人物。至少徐霞客代表一种观点，否则他由梅林过此游赏天玉山、嵩华山、青原山，总该停下脚步，拜谒拜谒，喝杯茶什么的，却什么都没做，似乎态度鲜明。好在胡广早已作古，历史给了他中肯的评价。只是在胡家边，真的有些遗憾，除了族谱，除了那棵祠旁古樟、那对石雕古狮以及古狮守护的在原址新修复的房祠"状元第"，何处还能触摸到这位大明状元的脉搏和余温？纵然有胡氏宗祠将其敬奉，但在这只能倾听水中涛声和林中风声的江滨，他只能享受落寞和寂寥。

如此寂寥的还有邱家村的洋屋下。大洲上村村相连，见了那组别致的建筑群，一问方至邱家。

北端为典型的赣中民居建筑风格。那座唤作礼堂的邱氏家祠面朝赣江，气势非凡。右侧厢房的迎面马头墙与礼堂右侧马头墙垂直相连，立体式地构架起这座清末建筑的三维空间。礼堂石框大门敞开，内外遍布牛粪和野草，昔日堂而皇之地已成牛栏猫舍。

中端为庭院民居，院门与两侧围墙不在同线，如古村渼陂的"西有长庚"民居，错了些角度。略加比对，似是迎接南来赣水，合乎风水。两侧围墙上方的透空花窗，由瓦片叠砌而成，造型之精美，保存之完整，让人心生赞叹。进至院内，但见正屋木门斜倚，屋顶已坍塌破败，满地碎瓦。入内得谨小慎微，不敢随意触碰哪根柱子，否则"机关"一动怕有轰然被埋之险。大门上，一副红底黑字楹联清晰可见。"德门膺厚福，仁里乐长春。"看这联中"德门""仁里"，没有一定修为和情怀是不敢妄称的，除非在表达一种祈愿。而"厚福""长春"终敌不过"三十年河东，三十年河西"这句民谚。其"厚"其"长"，相较历史长河，终是昙花一现。有趣的是，大门内侧墙上也嵌楹联，独存上联"传家孝友敦三物"，下联不知为何找无印痕。也许时光在呈现它诙谐的一面，向你征联，要考考后辈晚生的才学。倒是那两联中题写的"腾蛟起凤"四字，让我看到了一种宏大与霸气，更看到了一种张扬和显露。由商儒而至圣贤，终有一段很长的路要走。正厅，香案桌上的烫金花板，在手机的闪光灯下回放着过往的繁华，它或许在诧异，此时会有人把它打量。

终于明了房屋的主人叫邱仁和，清朝末年像众多的庐陵学徒般在外谋生，抓住为老板收购食用油商机，赚得第一桶金而发家致富，在南昌、上海均置

有房产。在老家建造安居之所本无可厚非，只是时局的变幻让他无法预料。

过正房后院，入后一栋木板楼房，我拜会了86岁的老人周仁志。周老虽年迈，但仍耳聪目明，身板硬朗。他告诉我，其家原住胡家边，1950年政府将财主家的房子分给他后，便一直住在此楼。儿孙已迁住新村，正在播放抗战电视剧的小彩电陪伴着他的晚年时光。他不知是老顽童还是真糊涂，竟不知新中国成立前这房屋的主人是谁。他也许真的习惯了这里的老宅味道，他也许在享受和陪伴这里的寂寥和孤独。大洲就是他的老巢，他在守护。

南端的那栋双层洋屋，是吉安农村少见的中西合璧风格建筑。单层便有本地民居两层高。上下两门居中，一拱一方。左右窗户上沿呈拱形。一楼两窗，扇形窗罩。二楼门罩窗罩均呈弧形，两端翘勾。如此独特夺目，在20世纪50年代便被选作了临江人民公社办公用房，一扎就是二十余个春秋。从此，洋屋下成了一代人的生命记忆，也成了这组晚清建筑的代名词。

在洋屋下，难得相遇，我幸会牵牛而入的中医学硕士邱仁洪。他带我们一路察看。他刚归来，陪伴母亲从新村来到老屋菜地。这位高高瘦瘦的年轻人即将毕业，选择回报故土吉安。而关于老居古建话题，他出我意料地表达了一种关切和担忧。洋屋下承载着他的快乐童年印记，洋屋下也终将在他的记忆里挥之不去。

这个邱仁洪，到底是读了书的人，眼界不一样。在拐向江边老村的路口，邱家村委主任涂清发向我引见了迁居路边的临江杨家杨生财。刚满花甲的老杨，是兄弟中的老大，一脸厚道朴实。聊起大洲上，聊起杨姓，他索性捧出用牛皮纸、塑料绳包捆、洒了66粉的《大洲杨氏族谱》，让我查个究竟。我还真有点如获至宝。欣于此，我还真读到了吉水泩塘，读到了庐陵"五忠一节"中的杨邦乂、杨万里，读到了一族血脉的千年繁衍史、奋斗史。老杨有些激动。这盒族谱由其叔交其手掌管，在他的居所里已尘封寂寥许多时日。

再入老村，杨氏宗祠，老杨兄弟筹资新修复不久。涂主任按赣江流向一一向我道出这大洲上的村落姓氏：李、徐、肖、刘、易、杨、邱、胡、周。除了已经寻访的胡氏、邱氏、杨氏，也许那些开基数百年的村落里同样藏有让人捡拾的缕缕乡愁。

寂寥的状元第，寂寥的洋屋下，寂寥的杨氏族谱。其实，大洲并不寂寥。

"吉邑大洲上邱毓记"，两块刻字古砖镶在洋屋下的院墙上，向后人宣示着大洲曾经的富有和创造，为后人沉淀着先辈的汗水与荣光。

对了，正是低洼易积水之故，这里没有一般乡间常见的土坯房，一幢幢青砖砌就的宗祠民居，耐得住岁月的浸泡。它们只待岁月的叠加，慢慢变老。有时光陪伴，它们何曾寂寥？

同样，修复老宅、修复宗祠、修复记忆、修复传承。这片看似低洼的大洲上，其实盛满了浓浓的乡愁。他们中的老人还不愿离开，恋守着空巢。他们的祖宗还供奉在那里，护佑着村庄。他们还依着江边那大块肥沃的土壤，种着蔬菜、花生、芝麻。那片杨树林只是阻挡了他们的视线，却阻不断他们对老宅的怀恋与向往。

乡愁是觉悟，更是认同。有时候心灵的强大远远胜过自然的强大。即便他们迁得再远，只要心中有乡愁，眼前便是故乡。

（石维）

徐家大院

青原天玉有徐家大院，而今它依然在静静地等着，等待百年前的主人泊舟归来。

七月流火，秋意渐浓。在这离愁别绪滋生的季节，谁人作别红尘，将岁月替换？

芳草萋萋，偌大的徐家大院盛满伤感。东南西北四座院门早已洞开，把满院的寂寞悄然排遣。十八幢民居，分列五排，整齐划一，森然相护，像一群满脸镌刻沧桑的老者，唯有透过门额题匾，方可做些分辨。

"迪惟前光""克昌厥后""天锡厥福""文明献瑞""天休滋至"……所幸，时光给我们留下了一些文字，让这座大院有了灵魂的寄托和期待。

民居大门有的紧锁，有的虚掩，偶尔走出一位蹒跚的老太太。我询其徐家逸事，其复我迷惑打量眼色。一位从事文物研究的朋友曾告诉我，徐家大院由清末民初商人徐润馨、徐和浦叔侄俩建造。可惜在这座村落，叔侄二人已渐行渐远，我无法探寻到他们更多的昨天。这个家族是子孙满堂，并期望兴旺发达的。不然，一座大院，何须建十八幢规制相同的民居？家族的财富，人均一份。家族的繁衍，一代管一代。

这位朋友还告诉我，1952 年，大院各民居被分给就近贫苦农户居住，难怪乎这每幢民居门上所挂的村名叫"罗曾村"，而非以徐家命名。此村落有罗、张、曾、陈、刘、徐等多姓，百七十余户，徐姓不及十分之一。近些年诸姓子孙在大院外择建新居，这座百年的大院里徒留下几户留守空巢的老人。

"叹西风卷尽豪华，往事大江东去。"徐氏宗祠里早不见了徐家儿媳丁氏的身影。我想象着清朝末年徐氏商人在赣江码头别妻抚子的情景，他们心牵两头，在动荡的岁月来回漂泊，以胆大精明谋求生存、积累财富，其家中居所承载的又何止一个愁字？秋待归期，归期何期？丁氏所倚之楼今已人去楼空，独留繁华余韵。

"长江万里归帆，西风几度阳关，依旧红尘满眼。"我渐渐触摸到徐氏叔侄所处时代的文明积淀。

大院内建有书院、教堂。书院为古代别墅格局，主楼厢房相连，位东大门侧，寓后辈如日东升。取名"陶淑"，意男童性情陶冶，女生温婉贤淑。"会心今古远，放眼天地宽。"我想那时徐氏家族便已推崇男女平等、自由开放之思想，期待自家子孙既在中华优秀传统文化的熏陶下吸取营养，修身齐家，又敢走出大院放眼世界，顺应潮流成就功名。

教堂建于东北角，隐于民居之后，三道拱门并立，是西洋典型风格。书院、教堂，一显一隐，中西方文明在此交融碰撞，徐家大院引领着近代庐陵村落的转型变革。

观徐家大院布局，让我想起山西的民居，想起乔家大院。徐家大院园在前中，乔家大院园在侧后。乔家大院气势恢宏，总分式建筑结构，总中有分，凸显一家之主的威严。徐家大院构造精致，并列式布局，讲究立人立业，独立发家，光宗耀祖。由中可见北方与南方、晋商与赣商之区别。晋之家族抱团合作精神与赣之精明独立人格随着时光的沉淀，愈发闪烁迷人的光泽。

徐氏叔侄一定精于人情世故。在大院东门外，与书院共墙特设客房一幢，额题"天舒文明"。主人在外为官经商，归来难免有随从、学徒相伴，或有友人相访，提供居处是待客之道，与主人居所区分，亦在显示内外有别。

"积德贻后为善最乐，余留承先衍庆凝祥。"有专家评估，徐家大院极具个性，几乎囊括了庐陵古民居向现代居民过渡时期的建筑类型和建筑样式，为清末民初庐陵民居中豪宅群落的代表。当我们以文化的眼光审视其价值的时候，斯人已去，遗留给后人的是别样的风景和寂寥。

吉安古民居遗存甚多，能与之媲美的，恐唯吉安安福三舍村刘万生、刘万代兄弟所建"儒林第"了。徐氏叔侄百年前的这个决断，或许为我们开启

了了解吉安近代文明的另一扇窗口。

　　同行的老支书徐作柏对徐家大院也知之甚少。大院的故事，已被尘封。来也来，去也去，徐氏子孙血脉里早有闯荡、负重的基因。在南京、在武汉、在上海、在南昌，茫茫人海中有他们执着打拼的身影。老支书告诉我，去年有位德字辈族叔从南京归来。老人年事已高，却面带童真，在徐家大院，他似乎在找寻那份遗失已久的眷恋。

　　天色将暗，辞别之时，我的心境亦如大院般写满寂然。

（石维）

斫柴古道忆往昔

20 世纪 70 年代末，父亲因为欠了人三十二元钱，成了一家人心中的坎。

三十二元钱，在当年可是上班工人一个月的工资。一头猪从正月养到过年也卖不到一百元钱。

常言道：有借有还，再借不难。借了钱怎么还？家里又没有别的经济收入，父亲只有进青原深山砍回三四千斤柴，再挑到吉安街上去卖，才能换到这么多钱。在爷爷的责骂之下，不敢作声的母亲只好带领刚读五年级的我和两个姐姐，随爸爸上山砍柴，希望早点凑上这笔钱还给人家。

我们村庄有一条进山的古道，是从赣江的凌波渡过河东街，然后沿江向北至天玉镇进入青原的深山。这条古道可以通往吉水的水南、白沙和永丰县等地。

那天天刚蒙蒙亮，父母、两个姐姐和我五个人就吃完了早饭。父亲磨好柴刀，母亲搓好草绳，准备了五根扁担，并用五块手帕包好五个饭团，里面各放一把调羹和一根咸萝卜干，这是砍柴到中午时每人要吃的午餐。

我读一年级时曾同姐姐去过离家稍近的青原山龙集寺这边斫柴，我挑回八斤茅柴回家，自此我感受到斫柴的艰辛。这次去斫柴，可是进青原的深山中砍硬柴，虽路途更远，可卖钱更多。经过新建成的河东粮站，又来到了低矮绵延的稠塘岭，群岭之间有一条从青原山往西流入赣江的稠塘小溪，山岗连接天玉桥上的巷口、孙家和河东的稠塘、塔子岭等村庄。这一带成千上万亩风化岩形成的小土山，适合桃树、花生和红薯的种植。这里还是古代吉安

八景之一"东城桃景"的观景地，宋代词人刘辰翁曾来此观水东桃花，并作《稠塘旧是花千树》《摸鱼儿·水东桃花下赋》等几首诗词。可是现在这一切都不复存在了。

相传，桥上孙家村有个斫柴郎，一天天刚亮，准备入青原山斫柴，他隐隐约约看到远处一老人赶着十八只黄羊、十八只白羊，却忽然间在灌木丛中消失不见了。斫柴郎紧随着跑向前寻找，发现山坡的灌木丛中有一个容人进出的土洞，里面透出闪闪的光亮。斫柴郎试着钻进洞中，哎呀！更让他惊奇，竟发现了十八缸金子，十八缸银子，这一下发了大财。后来奇事传开了，天玉、河东两地的人们就将这条小溪相连的几个村庄，编成歌谣唱着流传至今："孙家的银子麻家的屋；杨家庄的拖皮鞋俚堤前的谷。"开头就说到孙家的金银多。堤前村人于此溪上作陂拦水、引水灌田，年年丰产，家家富裕，附近村庄的人都愿将女儿嫁到那里，说嫁到那里就像掉进米箩里，吃穿不愁；麻家村，偌大的村庄，都是连片的青砖瓦屋，不像别的村庄那样土砖房多；我们杨家庄，外村人茶余饭后说我们这个村庄的人很不勤俭，多数男人没事就穿着拖鞋乘船进出吉安城，优哉游哉地过日子。

关于塔子岭，爷爷常讲起水东暴动和九打吉安的革命故事。在 1930 年红军第九次攻克吉安不久，红军主动撤出城，国民党又乘机占领了吉安城。有一天，国民党军队突然渡过赣江，围剿以水东区委驻地杨家庄为中心的水东片区。时年二十岁的爷爷在红军干部指挥下高举红旗急促地带领军民往青原深山撤退。刚到塔子岭与孙家交界处，爷爷看到裹脚的母亲带着他三岁的弟弟，正艰难地往山中奔逃，很为难。上级领导也看到此情况，于是决定留下身强体壮的爷爷，让他负责母亲和弟弟的转移。爷爷他背着母亲、前手抱弟弟，跑着赶路，可是这一来再也没有跟上红军的部队……

我们这次进山斫柴，从塔子岭与孙家两村之间小山坳下坡，前面就是桥上的地界。到了巷口村，爸爸为了给我们姐弟三人解乏，出了一道谜语让我们猜："巷口巷口，两只白狗，看得人来，往上走？"我死命地想也想不到，这时大姐抢着回答说："鼻涕，鼻涕！哈哈哈……"

再过了韦家岭，就到了周家。周家是奶奶的娘家，每年新年初二，爸爸都要带我们姐弟六人来这里，向老舅公、老舅母拜年。那时老舅家房梁下常挂着年前腌制好的各种腊味，香气扑鼻。我不时地仰头看，心里想，老舅家为什么年年挂这么多吃不完的腊鱼、腊肉，还有竹篾丝穿成一大串一大串的油豆腐，而我们家怎么没有这么多？爸爸说：老舅公年轻时在玻璃厂当工人，他还会做电灯泡，手上有点活钱。饭桌上头油豆腐和腊肉还特意挂低些，老舅母说是希望外甥来拜年时："高凳子坐，矮凳子垫脚，腊肉撞脑壳，讨个好彩头。"最忘不了的还是老舅母煮的那又软又甜的花蒻米果，说吃了花蒻米果口才好："今年吃花蒻，明年打野话。"

与周家一路之隔的是兰溪村，村里有一高高的七层砖石古塔，叫兰溪塔，耸立在小溪边。

大片稻田前面就是桥上村，兰溪水穿村而过，为了便于古道上的人们出行，先人们在溪流上建了坚固的石拱桥，桥因溪水而名兰桥。可能因石桥两侧壁栏长满青藤的缘故，加上人来人往的踩踏，路面看起来很是破旧，人们又把兰桥叫成烂桥。

兰桥过去是平坦蜿蜒的山路，水沟旁的红壤土上种植了红芋和可以搓绳的黄蒻；这一带的扁豆边缘上还带着红紫晕，可我们家种的青扁豆两三片加起来，只能有这里的一片那么大。路旁有棵高大的古樟，我们看见树洞上站着两只猫头鹰，二姐小声地说：听人说只要晚上猫头鹰叫，村里就有老人会死亡，我们听着听着汗毛都竖起来了。溪路北边的村庄叫刘家坊。两山夹出的一条路叫流水坳，下大雨时，山坳里的水常流入刘家坊田中，保障了这片水田的作物不受旱灾，因之得名为流坊村。

稍陡的山路，走一会儿我就上气不接下气，姐姐说：现在空手就累成这个样子，挑柴回来的人到了这里下坡腿软，才会喊累："流水坳、流水坳，累得你嗷嗷叫！"

上了山坳，眼前碧蓝碧蓝的是杨坑水库，水库东头的村庄叫孙家坊，这里特有的白泥土种出来的红皮白芯番薯爽口甘甜。从水库往东南的斜坡路上山，这一带路边有很多废弃煤窑，可挖到质量较次的煤炭。山里有洞，村里的耕牛经常掉入洞中，有时也会掉入野猪。路旁一块巨大又黑黑的石头，很像一头大母猪。路人说这里经常闹鬼，很吓人的。经过这里的人就是再累也不敢吭声，大人们会对小孩交代："猪婆石，猪婆石，累死俚都不能哇！"怕

会惊动猪婆神。有些人经过这里，还要先对石头作三个揖才敢上山。

已经上了斑鸠岭，山上的路途较平坦，右边通往地福庵，左边往东经过岭上村再到岭下村，再上山才能砍到柴。

岭上至岭下，有千步高低不平的石阶，依山势蜿蜒而下，足有一里多路。往下望去，这条路和旁边的小溪，像一条游动的黄鲶鱼。

爸爸指着右手边说：这里有两条路都可通往山顶，像个大字，叫大字上岭；中间从水打碓进去叫风车口；左边这条主道进去叫东坑，再往里进就到了我以前去扛毛竹回家的方山、大坳那边了，山那边的人很会读书，听说五里路间就出了三个状元……

我们这次去的是行程稍远，但道路较平坦的东坑里面砍柴。父亲把中午吃的饭团寄存在岭下村一位外号老五的易姓老人家里。

去东坑斫柴的路上，爸爸说：以前我和你爷爷来斫柴时，看见过山上有豹虎。我们家的一条很大的黄狗，每次都要跟着进山，且还要背负十多斤柴回家。有一次，大狗发现了山上的豹虎，拼命地狂叫，之后只听"汪"的一声惨叫，狗再也找不到了……

一棵驼背老樟树横跨小溪，形成一座天然的树桥，我们爬过大树干，再翻过这座不算高的山即可斫到柴。山上已经有两伙人正在斫柴，听到了他们山中互相呼喊的口音。爸爸说：这里除了我们河东人，还有一伙是吉水人，另一伙就是值夏人。两山之间只听得到人语看不到人，有时他们还唱起了山歌："噢荷，打只山歌过横排，一担茅俚一担柴，茅柴斫了几百担，不见野鸡飞过来。"接着对面山腰又有人答唱，歌声此起彼伏……

已近中午，我们把斫好的柴扛到山下的小溪边，父母捆绑成五担，大家开始挑起来。从东坑挑了几里路才到了岭下村，父亲叫我们放下担子休息一下，他去村中拿回了饭兜，又挑起重担带领家人一道登上黄鲶溪。父亲背着两百斤重的柴火，汗流浃背地登上每一步石阶，听他嘴里还不停地哼着"唉对！唉喂！"我这担枝条柴只有三十斤，但人又矮，捆扎后挑起来可能会有松动。母亲交代："上黄鲶溪时走慢些，稍长的树枝有时会溜下一根顶石阶上，弄不好会摔跤的，千万要注意！"且上这陡峭的山路时，扁担压在肩膀上不能换肩，难怪每个斫柴人走这段山路都会念道："黄鲶溪，黄鲶溪，累得你叫呀叽!"

终于上了黄鲶溪,我们在地势平坦处放下担子,一家人坐在溪沟边,打开饭团吃中饭,挖一调羹米饭,咬一口萝卜干,津津有味地享用。渴了再掬一口清凉的山溪水。吃完饭我们还有二十里的路要走。

挑柴走一段路程,得用两手反撑起扁担,边走路边让柴担转移到另一侧肩膀上来,这样两个肩膀轮流挑柴才不会肩膀痛,这叫换肩;走了一段路程实在太累了,放下担子稍作休息,这样叫歇肩。两捆三十斤的枝条柴看起来不是很多,有一个别村的斫柴大妈问我妈妈:你家这个细伢俚有没七八岁?从她的口音听得出她就是天玉人,因为天玉人说出的"七、八"两字跟我们河东话不同。自此,每次砍柴放下担子歇肩时,我都要离柴担远远的,以避再有人还这样来问,弄得不好意思了,因为我已经十一岁多了!

到了兰桥,离家还有十里路。别人家里都有人来接肩的,我爷爷怎么不来帮我们接肩?

挑着柴火总是不停地盯向前方,眼巴巴地盼着爷爷早些来。一过兰溪坳,终于看到爷爷肩扛扁担的身影,大家笑逐颜开。这时,柴担子来了个大调整,爷爷挑妈妈的,妈妈挑大姐的,大姐挑二姐的,二姐挑我的,我挑爸爸在山上早已准备好的不到二十斤的两捆柴。这一来,五担柴分成六担柴来挑,每个都减轻负担,大家走起路来都轻快了很多,从巷口村一口气就上了坡。

在孙家与塔子岭之间的平地上放下担子稍加休息,过了前面这个小山包就可以看到我们村庄了。我又累又饿地斜躺在草地上,实在想多休息一会儿再走,爷爷笑着对我说:"看你这个懒汉相!太阳快落山了,今天我在田里捉到了小鱼和泥鳅,奶奶、妹妹、弟弟们都在等我们吃晚饭。"这时的姐姐又在逗笑:"塔子岭,塔子岭,累得你像一块饼!哈哈哈!"西下的太阳,映红了三代人的笑脸!

(廖国远)

幽幽兰溪六石桥

"茅檐低小，溪上青青草。"宋代词人辛弃疾短短的九个字，描摹一幅自然天成的村居美画图，而天玉镇与河东街道之间，横着一条小溪，这条小溪上长着的可不是普通的水草，而是备受文人墨客们衷情描写称道的像镶嵌在溪边翡翠般的一簇簇兰花草，人们因此把这条小溪称之为兰溪。

小溪流经天玉的草坪村，再汇入千里赣江，也不知是哪位作家，在新修的志书上将它误写成草坪溪，却不知溪流上游的兰桥村、兰桥、兰溪村、兰溪庵、兰溪塔等如诗那样优雅的地名和地标还在。

幽幽兰溪水，石桥两相牵。欣喜的是，溪上还保存六座大小不一的古石桥。

兰溪水源自天玉岭上村的崇山峻岭，流至桥上的院背村有二桥，此二桥稍小，是村民为下田耕种或进山砍柴而建的便桥，从石桥下的碑文上看，此二桥已历经上百年。

兰桥村和院背村屋巷相通。自西向东的千年古驿道，从赣江边凌波渡上岸，经过兰桥往岭下村，再往前可通往水南、白沙、永丰等地。兰溪穿兰桥村而过，溪两边建的房子成了拥挤的小桥流水人家。兰桥以前是天玉桥上一带和大多老河东人进山砍柴的必经的石桥。桥头硕大的千年古樟，也见证了无数曾经的人和事。

两年前我们去考察天玉的兰桥。坚固而又古老的石拱桥下，鸭鹅正在嬉戏，桥两侧长满青藤，路面桥阶被辐辏往来板车、电动车和人们的踩踏碾磨得凹凸不平，加上这座桥看似破旧，故有人把它贬损为"烂桥"，连同村庄名也躺枪了。然而，正是由于它的古朴，却成了画家们写生的好去处。

兰桥水往下半里即兰溪村，村北至今保留着一座砖石古塔叫兰溪塔，塔旁原有尼庵叫兰溪庵，因为村庄建在山坳之间，人们又把村庄的名字称为兰庵坳。

往西的兰溪水流至桥上的陂头村突然转弯向北。陂头村原名溪头，可能是映衬"路转溪头忽现"的诗意而来的村名，村庄坐落在兰溪水的中上游，与河东菱塘曾家坪的田土相连。溪头村先民于此作陂拦水引入田中，春种秋收，粮食丰产。可能是因为这项让村民受益良多的水利工程，叫人们永志不忘，溪头村便顺理成章地改称为陂头村。

兰溪过了陂头就是留家店村，值得赞叹的是，这个村庄在新农村建设中，还完好地保存了村中连接两岸的古石桥。

溪流再穿过新 105 国道，沿菱塘石子上的山岗北飞流直下，山脚下的风化岩被经年的溪水冲刷得裸露在外，溪中的石子很多。菱塘的石子上村，通往平湖大村南的兰溪上，也保存了一座大石桥，这桥叫马鞍桥。此桥的落差较大，一到雨季，桥下的水波奔涌，水声震耳欲聋。桥东面有一路亭，原碑上刻民国年间重修的字样，可惜在三年前被填埋了。桥西头这片油茶山林就是当年我外公的自留山，外公说：这座山叫石山，这里的风化岩比别处的风化岩坚硬。建桥时，古人们就地取材，建成了此桥。桥侧开凿石料的料场，被外公平整为菜地。我辍学回家后，常入兰溪捕鱼捉虾。每到中午，饥饿难耐。八角钱半斤的牛奶饼干，只能在兰桥、平湖、临江街三地的代销店买得到。没有别物可以充饥，我背着扁竹篓，去马鞍桥下菜园找外公，外公连忙丢下锄头，摘些蔬菜，回去煮饭给我这个大外孙吃。一顿饱饭之后，我又来到溪中，把能换钱的泥鳅、黄鳝、螃蟹一只只捉进竹篓，直到傍晚才回到家中……

菱塘的下新塘村通往天玉陈家坪的古石桥，可直达平湖大村的腹地。此石桥是在近几年的开发建设中改为钢筋水泥桥的。

再往下二里的庄塘桥，史料记载是明代建的。这座由河东庄塘的周家岭村连接天玉的下草坪村的古桥，也在高速发展的城市化进程中被拆除，再也

找不到踪影了。

兰溪水流向天玉的草坪村，过了老105国道上的二十米公路桥，就到了地势低洼时常有水患的江边滩涂地了。

兰溪出赣江口的黄冈桥，建于宋代的1258年，桥在河东湖弦上村与天玉科家坊之间，此桥在《吉安府志》《庐陵县志》《吉水县志》的古地图上都有标记。连接黄冈桥的古驿道，从梅林渡而上，经谢家边市到湖弦上，经科家坊东面的黄冈桥，到达胡广状元故里大洲上，再至黄洲铺通往吉水、永丰城，远达四面八方。千年驿道上多少行人、多少驿马官车往返复往返。

"桥号黄冈何凹凸？依依青柳对明月。银钩玉缺水同遮，司马留题犹不没。"可是还是被"没"得干净利落，吉州司马题刻的碑再也找不到了，建黄冈桥的碑记，听说前几年建新井冈山大桥时也不翼而飞……久立黄冈桥上，再也感受不到古驿道上人语马嘶、雁去鸿来的场景了，只见铁铸的镇桥之兽鳌尤，还在凄迷地守望时涨时退的兰溪水。

细长兰溪水，穿越山乡间。石桥沐风雨，两岸情相牵。生息在兰溪两岸的居民，田土相接，姻嫁线牵。一到元宵节，居民互过石桥，渡兰溪、走亲访友，满路是"吃了庐陵赶吉水"的欢声笑谈。

兰溪上现存的六座古桥分别是：院背两座无名小桥、兰桥、留家店桥、马鞍桥、黄冈桥。面对城市化地推进，不知还能保留几时？古桥承接往古，收藏着乡民的记忆。作家和文化学者吴志昆曾说："故乡的小河，几十年不可能别来无恙，而人间依偎山水的乡愁则是亘古不变的恋歌。"

（廖国远）

天玉原属中鹄乡

远在唐朝，庐陵水东共有十二个乡，这个水东，就是庐陵县赣江以东的大片疆域。到了五代南唐的保大八年，江南国主李璟将坊廓乡留在庐陵，把另外十一个乡从庐陵县中拆分出来，建置了吉水县。当时吉水县有中鹄、仁寿、折桂、文昌、顺化（纯化）、兴平、明德、迁莺、永丰、龙云、云盖这十一个乡，十一乡中共划分五十五个都。

宋至和元年（1054），朝廷以吉水县兴平、明德、迁莺、永丰、龙云、云盖六个乡建置了永丰县，中鹄乡还属吉水县管辖。

宋元祐七年（1092），庐陵以同水乡易吉水之纯化乡，庐陵保留了赣江东南之一角。

千年沧桑，而今生息在天玉镇这方沃土上的民众，如果要查天玉的历史、村落、氏族的源流，首先就要找到吉水县的中鹄乡。

中鹄乡统管四十八都至五十五都这八个都。其地理位置比较特殊，这与庐陵坊廓一样横跨赣江两岸，称为上中鹄和下中鹄。将水西金滩镇这一带称为下中鹄乡；把水东的文峰、葛山、天玉、富滩称为上中鹄乡。上中鹄乡与现青原的河东、吉水县的葛山和文峰接壤；从古地图上来看，上中鹄乡南面为泷江，西面是赣江，北面是恩江，南北由富滩通往吉水县城的公路贯通。

上中鹄乡的四十八都在青原山南面，今富滩镇富滩村这一带；四十九都在富滩的张家渡这边；五十都在青原山之东、富滩的固山村这边；五十一都就是天玉镇，状元胡广的故里在邱家村委会胡家边村；五十二都至五十四都

属吉水县文峰镇的范围；五十五都即吉水水西的金滩镇这一带，也就是人们所称的下中鹄乡。五十二都是吉水砖门村，五十一都和五十二都这两个都在溪流上合建了一座石桥，叫合美桥，是天玉镇和文峰镇的南北分界地标。

天玉镇从赣江边大洲、科家坊，溯兰溪而上，一直延伸到了岭上、岭下的深山中。现有岭上、桥上、塘尾、流坊、平湖、田心、邱家七个村委会和临江社区。天玉与河东的村落共享兰溪，兰溪水泽润两岸土地田野和山林，其下游流经梅林古驿道，在上面架了一座石桥，叫黄冈桥，是这里重要的地标。天玉、河东两地当年虽分属两县，但田土相连、姻亲相牵，每年春节、元宵节，两地亲友互相走往，路上人头攒动，家家户户请客，热闹非凡，人们喜滋滋地打趣说"一天乐得走两县，吃了庐陵赶吉水"。

1931年中鹄划归了公略县；新中国成立之初，中鹄乡五十一都设平湖乡，五十二都设砖门乡；1954年增设了临江乡；1958年这三乡合并称临江公社。1985年，全国地名普查时吉水县的临江公社因与樟树市的临江镇同名，遂改名为天玉乡。1987年，天玉乡划归县级吉安市管辖。2000年5月，国务院同意吉安撤地建市，新设立了青原区，天玉由乡改镇，划归青原区管辖。

中鹄，这两个字的正确读音应该是 zhòng gǔ，中读去声，鹄读上声。鹄是同鸿雁一样的大鸟，中鹄意为射中了靶子，引申为准确。大概当时命名者认为这里的人们非常精准，做人守诚，做事认真。这个地名使用了上千年，在人们头脑中有很深的记忆。天玉人心中或多或少都会有中鹄的情结。

（廖国远）

旗岭绿林好汉的传说

　　旗岭位于天玉镇东南部，富滩镇固山村西北面，平湖村东面偏西北约五华里处，该山势南北走向，为青原区富滩天玉与吉水县的天然界山。主峰海拔545米，旗岭得名的由来，一说因山头如迎风飘扬之旗，另一说是明朝时有绿林好汉聚众周岭为王，于旗岭山顶树立旗杆而得名，自此相沿至今。

　　周岭又名州岭，位于吉水县东南、富滩乡固山村西，南北走向。因山间有岩洞，曾经住过周氏寨王，故名周岭。该山海拔399米，与旗岭前后连接，两山峰峦叠嶂，大小山岭蜿蜒绵亘，山上松杉竹木遮天蔽日，茂盛葱郁。周岭山腰处有一大岩洞，深不可测，名曰"扁篓寨"。据传此洞门已用生铁水封死，无法进入，也不敢冒险进入。平湖不少村民上山砍柴时曾经见过此洞口。相传在明朝时有绿林好汉——周氏三兄弟等为反抗封建统治阶级的压迫和剥削，聚众结伙在周岭、旗岭一带占山为王，反对官府或抢劫官府财物，或杀富济贫。据传周氏兄弟武艺高强，刀枪戟剑，十八般武艺样样精通，而且身怀绝技，传说携团箕可以飞行，好生厉害。官兵奈何不得，不敢轻举妄动去招惹。这些绿林好汉们在旗岭顶上竖起一根粗长的旗杆（插旗杆的洞现还有30多公分深）要挟吉安知府。当旗杆一升，三日内，吉安知府必须派人押送钱粮去周岭，否则就要出兵攻打府城，因为祸及官府及百姓，所以不敢派官兵镇压，也不是他们的对手。只好言听计从，俯首帖耳押送钱粮去周岭。绿林好汉泛指结伙聚集山林之间，以反抗

政府或抢劫财物的有组织集团，他们啸聚山林，人数由少到多，后遂称除暴安良、劫富济贫的英雄为绿林好汉，旧时也指聚众行劫的群盗股匪，俗称山贼强盗。沧海桑田数百年，虽时过境迁，当年这些绿林好汉们何去何从，已是销声匿迹，再无踪影，无从考证。

抗日战争时期，曾有人在此创办农场。新中国成立后，该农场由国营周岭林场经营。周岭也就成为吉水县国营周岭林场的驻地，旗岭及周围山岭均属周岭管辖。

（林政荣）

天之玉
Chapter
04

家园情结

平湖行吟

　　平湖是一个村落的名字，隐匿于青原区天玉镇一片樟树萦绕的阡陌乡野，许是依傍昔日湖光潋滟的徐家塘而名。名字极富诗意，想必是出自村里腹有诗书的乡贤口中。村也洋溢诗情，漫布的香樟、老宅、古祠、传说给予了这个村落悠然神韵。

　　行走在平湖的土地上，最先映入眼帘的就是那一片连着一片的樟树林，浓绿、蓬勃、撼人心魄。乡道边、村落旁、院墙内、河堤上……樟树无处不在，把人们带进了大自然的神秘之中。远远望去，恍若重彩的油画，漾着诗情，又不乏乐曲的音律。

　　在依樟而居的乡亲心目中，樟树是最有"灵气"的树种。他们认为修路、架桥、种樟树，是人生的三件善举。在这种理念下，"有村就有樟"就成了平湖的真实写照，"无樟不成村"就能找到令人信服的言辞说明。

　　有记载为这说明给予了最好的诠释。樟树在平湖乡亲的眼中，是救苦救难的更生女神，是保佑地方人畜平安的"风龙神木"。即使灶膛里没柴做饭，乡亲们也不会到樟树上劈枝打桠。为了各自保护好村里的樟树，几百年前就有村规民约，严禁村民砍樟树当柴烧，违者要受到家族成员严厉的责罚拷打，曾经就有村民因砍了古樟遭到责罚拷打，口耳相传，让人敬畏，墨守成规。爱樟，植樟，护樟，油然成了平湖乡亲的传统美德和自觉行动。正是乡亲的这种意识，才给平湖的子孙后代留下了这么多完好的樟树林，为樟树的蓬勃生长沐浴人性的霞光。

走进枝繁叶茂、四季常青的胡家樟树林，绿叶相互掩映，是一顶巨大的帐篷，遮天蔽日。每当太阳升起后，千万缕像利剑一样的金光，穿过树梢，照射在林中碧绿的草地上。草地上五颜六色的野花，在闪闪的阳光衬托下，美不胜收。偶尔也有一股清香扑鼻而来，让人神清气爽、静谧闲适。

漫步林间，一股幽雅的樟木清香飘散而来，沁人心脾。阳光透过密密匝匝的树叶，洒下点点光影，斑驳而迷离，给人们带来梦幻般的神思遐想。满地的婆娑树影，摇曳出梦幻，组合成诗句，渲染为水墨。偶尔有零星的风吹树叶的沙沙声响，小昆虫的细微呢喃，都在为这动人的乐曲合唱。

在林中穿行，每个脚印里都蓄满诗文。跳跃的是句唐诗，引吭的则若宋词。朵颐宁静的同时，依然有惊喜诱惑。乡间的野花，在这幽静的樟树林里欢欣地开、天真地开、灿烂地开，不造作不张狂，不娇柔不艳媚。是一种模糊印象的魔力，又好像一个余味却不清晰的梦境。

这里的樟树形态各异，有的卧地而生，匍匐向前；有的树干挺拔，直刺云天；有的枝叶蓬勃，生机盎然；还有的盘根错节，弯曲迂回……林林总总，形态各异，极具韵味。樟树浓荫、村道蜿蜒、云彩轻灵、鸟儿嬉闹、鸡犬相闻，这些组合是诗的韵脚，是画的色彩，装帧成平湖独具魅力的风景。

如果说漫布的香樟是平湖的眼，那连片的老宅就是平湖的魂。穿行徐家大院，依次呈现的明清古建筑就诱惑着我不时驻足。镶嵌鹅卵石的古村小路延伸到大院的每个角落，展现一幅厚重庐陵底蕴的历史画卷。

在高处俯瞰，整个徐家大院块状分布，在数百米围墙的环绕中，有序集聚为一个默契的整体。一个大家族成一院落，但只有一门进出，极具客家围屋的风采，又不乏烟雨江南的特色。古宅上方矗立的飞檐翘角，轻盈而又灵动，带给院落些许生机。这是一幅人与自然融为一体的水墨，这是一种树和建筑相互映衬的诗情，这也是一缕荡漾清风洋溢古韵的远方乡愁。

回不去的老家，找不回的童年。走进徐家大院蜿蜒的巷道，老家似乎又在眼前再现。还是童年的记忆，还是牛粪的气息，依然还是氤氲炊烟的闲适，留存儿时的身影，悠扬乡亲充满爱意的乳名。在这里，每一栋建筑陌生而又熟悉，似曾见过，但却又感觉不同。眼前这些连片的宅院，书写着风烛残年，积淀着历史的厚重，弥漫着岁月的云烟，像一个个胡须银白的老者，在给我们静静地诉说这里的人间沧桑和岁月变迁。

　　据说，曾经居住在徐家大院的先辈非常擅于经商，他们利用村旁的赣江水路的便利，乘船沿长江来往于四川、两湖、江浙、云贵一带开展商贸活动。明末清初最盛的时候，徐氏的商号名头十分响亮，遍布全国。徐氏族人在外接受了新的文化，开阔了视野，同时也改变了固有的传统观念。他们经商回来后，都乐意用多年的积蓄，兴土木、建宅第，因而就有了现在这一栋栋、一排排造型各异的建筑物。这些建筑灵活多变，不拘一格，各具特色，有独家小院，也有豪门大户，规模不同，造型各异，俨然是一座古建博物馆，给平湖增添了厚重的文化底蕴。

　　在徐家大院，我印象最深的还是那些牌坊题咏和红石门楣。这些题咏和门楣是一个时代的光华和缩影，也是徐家大院数百年历史的真实记录。"受天之社""克昌厥后""迪惟前光"……这些题咏一字排开在各家各户的门楣上，与周围的景致极其吻合地交融如织。这些历经沧桑的题咏，引领我们走进寻常百姓的日子，欣赏质朴流长的艺术，辨清从何处来到何处去的方向，真真切切地读懂庐陵大地"耕读传家"与"文节俱高"的永恒价值。

　　诵读这些题咏，能读出书卷气息，能领略自然景色，能品读淡泊坦然，能汲取处世良言，也是徐氏族人对文化执着追求的最好说明和生动注解。

　　行走的惊喜是无处不在，我们也在这一路惊喜中读到了平湖的厚重和深邃。在平湖，蒋、林、徐、胡、谢、张、罗等姓氏都建有自己家族的祠堂。这些宗祠大都为三进三开格局，正门上书"蒋氏家庙"或"张氏宗祠"等各族匾额，铭刻"天道伦理""南州世家"等族训吉语，两边侧门上分别写有"鸾翔""凤翥"，据说是寓意吉祥如意，飞黄腾达的美好祝愿。宗祠大多围绕徐家塘而建，说是取存蓄风水之意。各族宗祠如凤之双翼，托起平湖人修身齐家治国平天下的家国梦想。这些宗祠是平湖最为重要的公共建筑，是各氏族人血脉传承的衣钵载体，尽显庐陵风格，孕育文化底蕴，也是魅力平湖不可或缺的组成。

　　"等闲识得东风面，万紫千红总是春。"随着青原城区的美化提升，工业园区的拓展延伸，平湖深藏于时光皱褶里的美景和珍奇正走出深闺，展示着平湖自然与人文、古典与现代、乡情与民俗的独特神韵。

（贺小林）

天玉之玉

天玉之玉当属天玉的女人了！我在青原区妇联工作十年间，和不少天玉的女人接触，她们勤劳爱家、开放包容、淳朴善良的品质常常让我赞叹：天玉的女人就是天玉之玉，她们可以和花比美，可以和玉争光。

女儿身，菜籽命，落到肥处迎风长，落到瘠处苦一生。改革开放前落到天玉的女人至少有一亩三分地，土地是最有良心的东西，你劳动就会有收获，一日三餐有了着落，解决温饱不成问题。每到农忙的时候，随处可见一幅幅劳动的场景映入你的眼帘，天玉的女人和男人一样日出而作，日落而息，她们从事犁田、耙田、插秧、割稻子等农活，她们劳作的身影散落在田地间，汗水顺着她们的脸颊往下淌，滴在地里与泥水合二为一。虽然如此辛苦，但从她们的脸上看不到一丝愁云，依然欢声笑语不断。那种在劳动中女人独有的美犹如一幅剪影，展现在茫茫的天地间……她们说："劳动着的人是快乐的，快乐着的人是幸福的。"即便是农闲时，她们也不休息，在城市的高楼大厦间、霓虹闪烁间、车流穿梭间、舒适环境间……天玉女人化身为工地上楼房倒混凝土做苦力的女人，她们随身一根扁担两只塑料桶，她们忍辱负重、无怨无悔从事着繁重而辛苦的工作，她们忍受着不应为一个女人的艰辛与重担，和男人一样做着倒楼板、和泥浆等又苦又累的活。她们把自己当作男人用，虽然很累，但是她们很满足，她们不仅仅能顶半边天，她们顶下的是整个天！我描述的画面中的这些天玉女人，在她们看来，挥洒汗水是一种喜悦，是一份来自劳动的洗礼，是一张改善家庭生活的成绩单。因此在她们劳作的

脚下，土地也沾染了灵气，孕育出一方优秀儿女，传承着一方地域精神。天玉女人在历史长河中积淀凝练的勤劳爱家的性格基因，深深根植于天玉世代子孙中，是天玉标识性的精神特质和人文气质，绽放着与时俱进的当代价值。

如今的天玉正在以开放的胸襟和包容的气度笃志前行，实干苦干加巧干，定能干出新作为、干出新天地！天玉开放包容的特质也是天玉女人淬炼的。时代大潮滚滚向前，在推进城镇对农民的开放和农村对市民的开放进程中，天玉女人敢为人先，一方面转移进城镇，在城镇买房置业、赚钱教子，她们给孩子讲"忍辱负重""宰相肚里能撑船""禅师与小偷""仁和胡同"的故事，讲出了一代一代人的包容。有一次我在广州走访一位天玉的刘姓乡贤企业家，他就说："我创业能取得一点成就，非常感谢妈妈小时候讲的那些包容故事"；另一方面她们张开双臂拥抱市民下乡、资本落地，她们把闲置农房和土地提供出来有效利用，成片的工业园区在她们祖祖辈辈的土地上拔地而起。她们顺应大势，在家门口就业，用勤劳的双手和智慧变出了一双双鞋垫、一个个耳机、一盒盒药品、一桶桶食油，赚回来一张张大钞……谁说女子不如男，天玉很多妇女是致富带头人，记得我在妇联工作时，全国妇联有个"双学双比"活动，天玉女人以开放包容的心态"学文化、学技术，比成绩、比贡献"，天玉很多女性种养专业户闻名天下，流坊村的苗、塘尾村的树、桥上村的菜、田心村的芋头、临江村的油豆腐，还有岭上村的木材邱家村的猪鸭……都是天玉女人用开阔的眼界看世界，在满怀憧憬与希望中，主动在自己的产业内部导入现代化养殖技术，定期请技术人员进行技术指导，主动学习种养殖技术的天玉女人，成为新型种养能手，她们用那双细嫩的手，辛勤劳动，农村妇女成养猪大户、育苗大户、养鱼大户……"一园白菜小楼边，戴月披星岂畏难。科技勤劳双并举，换来收获满兜钱。"这是天玉女人开放包容精神的自我歌唱，她们也许是平凡得不能再平凡的女人，但她们却比美玉还美。

和天玉女人在一起，我常常能感知到人性中的那种淳朴善良在她们身上展现得淋漓尽致！走进天玉看看，几乎每一个殷实的家庭背后都有一位能顶得起大半个天的贤内助。天玉女人为了家庭和儿女辛勤劳作、苦心经营，仿佛不知疲倦，她们用心血、汗水和乳汁浇灌着每一个家庭的幸福花。她们朴实无华，热爱自己的土地就像热爱丈夫和孩子一样，春耕夏作秋收，她们长年忙碌在田间地头。遇到不公的事，一急火便上来了，叉着腰指着对方的鼻子骂出男人也不敢骂的脏话，直到对方面红耳赤低头认罪落荒而逃，而自己则捧着肚子笑弯了腰。天玉女人的禀性就像脚下的土地一样厚实，她们古道热肠、乐善好施，即使是一个陌生人上门，也能得到她们温暖的礼遇，邻里乡亲谁家有急事难事，都会得到大家鼎力相助。人们常夸"乡下人人情好"，而天玉女人人情更好，在天玉做客时一定不必客气，女主人会指着丰盛的饭菜不停地劝你多吃，她们不喜欢客人推让作假，吃得越香越多她们就越开心。天玉女人都是不知疲倦的，兀兀穷年，一年忙十二个月，大自然的风吹日晒铸就了她们宽广的胸怀和不屈的灵魂，艰苦卓绝的劳动馈赠给她们一副压不弯的腰板和健美的体魄。

人能开启善心，勇于包容，勤奋努力，奇迹便会开花。天玉在开花，天玉女人在开创崭新的世界，灿烂天空也在开花。引用当代小说《梁家河》中的一句话：伟大的时代，孕育着伟大的梦想。牢记历史，大步前行，是每一个中国人正在做的事情。无论是天玉的女人，还是平凡如我，都将乘着新时代的东风，张开翅膀，飞向更高、更远的新征程。

（李根秀）

不忘来时路

我是 1980 年生人，不知不觉间，已过所谓四十而不惑的年龄。说来惭愧，相比青春年少时，自己脑袋瓜里的疑惑似乎不减反增。当然这里面有个结构性的问题，所疑所惑之事在不停地新陈代谢。天真无邪的惑与不断检视反省的惑是不可同日而语的。细究起来，我的成长轨迹并无多少新奇之处，无非就是慢慢与老家渐行渐远、逐步寻求自立的过程。但是不管走多远、离开多久，老家永远是我心中的根，是我灵魂的归宿。我经常会在不经意的刹那，回想起家乡的点点滴滴。

我的老家坐落于天玉镇桥上彭坊村，父母亲是正直善良、老实巴交的农民。我有两个姐姐和一个哥哥，两个姐姐比哥哥大，我最小。父母亲对我们兄弟姐妹四人平等对待，我从小享受到家人健康、朴素的爱，而非溺爱或宠爱。大概在五六岁的时候，每逢看到村里上学的孩子们背着书包上学或放学，我就特别羡慕、特别向往，觉得那个样子简直酷呆了。有一次母亲问我："想上学吗？"我立马点点头。七岁时我到桥上小学念书，那时把读书当作玩耍的一种方式，并不觉得是压力和负担。一年级时学习成绩还不错，有几次数学还拿了一百分。此后成绩每况愈下，到三年级时，经常考六七十分，印象中父母亲从未因成绩不太理想而对我生气过。到了四年级，不知道什么原因，自己突然懂事多了，开始好好学习，奋发上进。也是从彼时开始，在各阶段的求学生涯中，一直都保持着不错的成绩。初中就读于天玉中学，学校离家较远，三年都是住校，平时吃的基本是干萝卜、腌菜、霉豆腐等咸菜，由于缺少油水，哪怕每餐吃一斤多的饭，仍然很快就觉得肚子饿了，只有周末回家才能略微改善一下伙食。一旦看到同学从家里带了鱼或肉，就馋得直流口水。住宿条件也比较简陋，几十个人住一个大宿舍。回过头来看，"寒窗"一词用在我的中学时代还是比较贴切的。不过在当时并不觉得有多苦，毕竟总体上同学们的家境都不算好，彼此之间贫富差距并不明显。当然，回忆苦难并非要歌颂苦难、消费苦难，而是要感恩遇见，化苦难为力量。

经过初中三年的努力学习之后，我如愿地考入了江西省井冈山经贸学校。那时候，家里稀罕考中专，尤其是对于农村的学子来说，考入中专意味着捧上了金饭碗。我清楚地记得，在 1995 年 9 月 18 日，父亲送我去学校注册报名，付学费的时候，我手里握着 4230 元钱，感觉沉甸甸的，这可是我全家的积蓄加上向亲朋好友借来的钱啊。一切安顿好之后，已是下午，父亲要回家了，看着父亲骑着自行车渐渐远去的瘦小的背影，泪水湿润了我的双眼。井冈山经贸学校是一所省属中等专业学校，校舍是原吉水师范学校。未曾出过远门的我，看到学校优美的景致，仿佛置身于人间仙境。学校对学生的要求是六个"一好"，即一笔好字、一篇好文章、一套好账、一手好微机、一副好口才、一手好算盘。我是一个好强的学生，绝对不肯在学习方面落后于他人，各门成绩都名列前茅。课业之余，时常参加学校各种文体活动，偶尔会去校外春游、秋游、野炊等，与同学的关系也极为融洽。沐浴在这样的校园氛围中，让我深感幸福惬意。在经贸学校体会最深的事是学习书法。小时候，每次父亲写春联的时候，我和哥哥姐姐都会在旁边观看，也许就是受到这样一种潜移默化的熏陶，我从小特别想写一手好字。到毕业的时候，已经能写出比较漂亮的行、楷、隶、草、篆软硬笔书法。从练习书法的过程中，我逐渐懂得了人生的道理，天下之事贵在有心，贵在坚持，贵在专一。首先是要有上进心，其次是要付诸行动，从一个点一个细节做起，把这一点这一细节钻研透，再攻破其他的困难，做别的事情就会有法可循了，人的自信心和成就感也是这样建立起来的。

1998 年我中专毕业，与严绍华、杨强两位同学被分配到了吉安市天玉镇企业办。顺便解释一下，那时吉安市只是一个县级市，隶属于吉安地区。2000 年以后行政区划改革，吉安市成为一个地级市，原来吉安市所管辖的区

域分别归入两个区，一个是青原区，另外一个是吉州区。我们的单位变成了吉安市青原区天玉镇企业办。由于在读中专时学过电脑，还曾经代表学校到省里参加五笔字型汉字录入比赛，经镇党政领导批准，我被借调在镇党政办公室工作，主要负责打印文件材料。工作很忙碌，很投入。但久而久之，觉得生活比较单调，视野不够宽广，文化基础知识也还不够扎实，迫切希望有机会尝试做些不同的事情，以增长阅历和学识。这就有了后来在深圳打工以及重回学校深造的经历。

2002年9月，我有幸通过成人高考进入同济大学继续教育学院攻读全日制成人本科，专业为工商管理，四年后到云南民族大学攻读区域经济学硕士，2009年9月考入同济大学经济与管理学院，攻读管理学博士，专业为城市发展与管理，研究方向为可持续发展与管理。2012年，我博士毕业后任职于上海立信会计金融学院，从事经济学教学与科研工作。从念大学至今，一晃二十个春秋。这二十年里，我每次回老家都会发现家乡的软硬件设施在快节奏地旧貌换新颜，熟悉与陌生的画面不断地在眼前交错闪现，但对这一切，我没有任何的违和感。我觉得家乡的变化是必然的，同时也是积极的、温暖的。天玉是生我养我的地方，在这片可爱的土地上，一直存放着我无比珍视的乡愁。

（刘国平）

求学忆旧

　　我出生于吉水县临江公社桥上村孙家小组，属于临江公社与河东公社接壤处，属于两边政府都不看好的交界地，因此当时的条件之艰苦可想而知。比如，小孩读书至少要徒步一个小时到桥上村小，无论风霜雨雪。大部分小孩在二三年级选择辍学也就不难理解。也有小孩选择较晚读书，比如我就是从八岁半开始上小学一年级的。再比如，老家地形高低不平，大部分农田靠天吃饭。即使村上部分农田能得益于洋坑水库的浇灌，那也要等到所有村庄双抢结束后我们才开始启动，谁叫我们处在水库渠道的最后一站呢。

　　乡亲们虔诚地用勤劳与坚韧，将自己全身心给予生于斯长于斯的土地，向大地索要瓜果食粮。在长期的农耕生活中，乡亲们形成的顺口溜诸如"夏天不热背，冬天不热嘴""伏北晒死箕，秋北雨塌塌"都凝聚成中华文明大智慧的重要组成部分。每当收成不好的年景，甚至颗粒无收时，小时候的我们就要"冬天吃两顿，早早入床睡"。但这并没有影响乡亲们的"士气"，第二年春雷一响，依然手牵黄牛背犁耙，践行着"一年之计在于春"的承诺。这股"士气"不就是我们新时代实现中华民族伟大复兴的"精气神"吗？

　　年幼的我们目睹和历经了家乡的种种事情，但仍然不知道抱负姓啥，理想名谁。我们只有做好本分的事情：该读书的时候读书，该劳作的时候劳作，该"游戏"的时候游戏。小时候，我们的玩伴都自主发明了很多土游戏或运动项目，开发适合我们的每个项目，都玩得不亦乐乎，这也是我们大部分人身强体健的原因之一。读书，或许是我们当时最为重要，也最为不重要的事

情。读不读，怎么读，何时读完全取决于个人和家庭，因为当时没有九年制义务教育法的约束。

我们读中小学期间，国家正处于教育改革转型时期，相当一部分老师还是代课教师。经过这么多年的发展，我国教育事业发生了翻天覆地的变化。尤其是党的十八大以来，围绕"培养什么人、怎样培养人、为谁培养人"这一国之大计、党之大计的根本性问题，全国共设有各级各类学校近 53 万所、在校生超 2.9 亿人。九年义务教育巩固率达到 95.4%。这是我们在 20 世纪八九十年代所不能比拟的。

我对我们初中求学阶段的一些场景仍然记忆犹新。记得 1988 年秋季进入天玉中学第一年，在学校简朴而隆重的开学典礼上，我以全乡升学考试总成绩第三名第一次走上领奖台，尽管奖品是四本练习册，但那颗耀眼的"天玉中学"红色印章让我终生难忘。这是新学校对我小学五年学习成绩的肯定，更是对中学新生活的鼓励与鞭策！

仍然记得，走进我们课堂的第一位英语老师，是班上林同学的亲姐，传言她因当年高考落榜而来校临时代课，但林老师字正腔圆的英语发音开启了我们进入英语王国的大门。可是我们当时没有任何外语基础，也错过了语言学习与训练的最佳时期。第一次测试内容就是听写刚刚讲过的四个英文单词，当时我仅仅蒙对了一个，折算成分数就是 25 分，妥妥的差生矣。后来，刚在吉安师专毕业的刘水生老师来了，同时教我们两个班的英语课，在我们师生的相互适应过程中，都较快地进入了外文语言的学习过程，也为后来我们能够进入高阶段学习奠定了坚实的基础。很感谢刘老师对我们农村娃英语学习的指引，也非常敬佩刘老师的自律性，他每天早上第一件事就是来班上抓早读，然后再沿着那个黄土泥巴路风雨无阻地晨跑，跑步回来后又到教室走一圈。那时，他就是我们晨读的无声响铃，这种美好陪伴了我们中学的大部分时光。后来也了解到，刘老师的这种教育方式影响了一代代天玉中学求学的莘莘学子。

随着时代发展与进步，在党和政府的关心和个人努力下，农村娃的我有幸读完了本科、硕士和博士研究生。正是在天玉求学阶段的经历，让我充分认识到教育对于地方社会经济发展的重要性。因此，在每一次工作选择中，我都义无反顾地选择了教书育人。

从吉安师专毕业后，我进入天玉中学任教，主要担任物理教师和兼教地理课。在天玉中学工作的三年，我教学工作兢兢业业，努力将所学毫无保留地倾注给学生，同时为提升自己而走上了考研道路。作为教师，最为幸福的事情，就是每年教师节收到的各种形式的祝福，如在写这个回忆短文过程中，学生发来的微信也一直提示个不停。也有偶尔在路边或逛超市时突然听到一句"孙老师"的惊喜，尽管有时要厘清一下叫声何来，一顾之后颇费一番脑筋回忆起那时候的幼稚脸庞，但天玉师生情缘却烙印在各自心灵最深处。此后，沿着这条道路越行越远，2009 年同济大学博士毕业后，又毅然回到了井冈山大学任教。

不管在哪里工作和生活，在天玉求学积累的学习方法和养成的工作习惯都深深地影响并激励着我。尤其是在井冈山大学工作期间，我始终以"四有"好老师标准严格要求自己。在做好高校立德树人本职和学院管理工作外，我努力将所学转化为地方经济社会发展所需的科技动力。我领导的科研团队围绕赣南稀土资源开发新型稀土功能材料，并获得了授权的国家发明专利 10 余项，国家课题 4 项。我个人也获得江西省百千工程人选、江西省主要学科学术带头人、江西省青年科学家和井冈山大学庐陵学者等荣誉称号，提高了学校及个人在国内外的学术影响力。培养的学生也博士毕业、硕士毕业，在新时代的各自岗位建功立业。另一方面，作为吉安市政协委员，我始终围绕省委省政府"六个江西"和"吉安三区"建设等中心工作做好议政建言工作，撰写的多项提案进入省政协和国家政协领导的视野，个人也被评为九三学社江西省委员会工作先进个人和参政议政先进个人。回顾我取得的点滴成绩，每一项都与故乡天玉的滋养培植有着千丝万缕的情缘。

（孙心瑗）

追光逐"影"

　　"预备……开机",导演话音一出,现场鸦雀无声,"《爱在井冈》第1场第1镜",伴随着场记在镜头前喊出的镜头信息和清脆的打板声,院线电影《爱在井冈》正式拉开了拍摄的序幕!

　　故事发生在吉安市青原区天玉镇河东路的创业孵化园。三年前,一群朝气蓬勃的青年怀揣着对电影文化的追求与梦想,在政府的支持和鼓励下,从影视产业相对集中和发达的广东来到了"小城"吉安,仁毅影视就在这种环境下诞生了。

　　吉安古时候又叫庐陵,庐陵丰厚的文化底蕴赋予了"小城"丰富多彩的故事。千年的沉淀,在历史的长河中星光熠熠,"教子惜阴,退鲊责儿"的四大贤母之一陶母湛氏,"小荷才露尖尖角,早有蜻蜓立上头"的杰出诗人杨万里,被誉为"唐宋八大家"的一代文宗欧阳修,"人生自古谁无死,留取丹心照汗青"的中华民族正气化身文天祥,"井冈之花"贺子珍等一系列的红古绿文化交相辉映,这些文化传承都给影视创作带来了源源不断的灵感。仁毅影视经过了几个月的潜心创作,于是就有了开头的一幕,院线电影《爱在井冈》的正式开机!

　　电影拍摄是一项时间紧、工作量大、高效率运作的系统工程,短短30天之内,近百个场景,几百号人,上千个镜头,每天都是在紧张高压的状态下工作,所以拍电影并不像外界人眼中的那么"好玩",对于电影工作者来说甚至可以用折磨和煎熬来形容,每天只有等到导演一声"收工"大家绷着的神经才会松下来一点，也只有等到导演一句"杀青"大家悬着的心才会真正地回到自己胸膛里。或许大家对这些没有太直观的感觉，那接下来我就带着大家一起"走进"剧组，一起探究和感受一下那些不为人知的电影幕后故事吧！

故事一　临阵换将　杀鸡儆猴

开机拍摄的第一天，就出现两个严重的影响拍摄效果的问题。第二个拍摄镜头才开机，导演忽然叫了一声"停"，然后骂了一句也不算太脏的脏话，之后又说了一句"什么乱七八糟的垃圾都往组里送，停拍，换人"，全剧组顿时鸦雀无声，导演的威慑力在剧组是具有绝对压制性的，就像《亮剑》里面李云龙说的"枪炮声一响，全团都得听我指挥"。大家后面才知道有两个原因，一是有个演员表情僵硬，台词说得也不顺；二是部分演员的服装与人物设定不符。结果当天原定的拍摄计划全部临时调整。拍摄第一天就出现这么严重的事故，全组几百号人心里都七上八下，对后面的拍摄都隐隐担心，最后副导演紧急从北京调演员，服装老师全吉安找服装，甚至去南昌才把导演要求的服装采购到位，总算是过了这一关。事后剧组的知情人士透露，此次事故导火索为服装老师，因为她不是剧组安排的而是出品方的关系户，导演出于对影片质量的要求，更是为了在剧组立威，告诉大家：在剧组导演才是老大，出品方也不能干涉导演的工作，所以就用了一招杀鸡给猴看，同时也借机震慑剧组，便于后续拍摄管理的绝对掌控，虽是虚惊一场，但每每回想也是一身冷汗！

故事二　剧组的"盒饭"

电影剧组的人员，都是从全国各地天南海北聚集在一起的，俗话说众口难调，所以在剧组，吃饭就会是个很大的考验。吃辣的，不吃辣的，吃米饭和吃馒头的，不吃猪肉不吃鸡鸭的，协调不好很容易出问题。有一次，生活制片老师发现盒饭剩了六七十份，就代表六七十个人没吃饭，后来才知道，当天的菜偏辣，所以一部分人直接不吃了，有些只是吃了两口就放在那里。

生活老师在群里跟大家谈话，请大家不要浪费，结果换来的却是不满和抱怨。因为生活制片是我们出品方自己安排的，刚开始站在出品方的角度，生活老师还觉得委屈，后来通过自我反思，换位思考，懂得了出门在外诸多不易，大家也只是想吃得饱，有精神做好工作，如此简单而已。作为生活老师，可以像完成任务一样订够了饭就好，管他吃不吃，也可以像对自己远方来的朋友一样，悉心照顾，这是两种完全不同的心态。后来生活老师跟大家一一沟通，知晓了大家的口味和禁忌，合理安排，甚至每顿饭根据需求分成了七八个小组，粥、粉、面、包子、馒头都配了。记得有一次在井冈山拍摄夜戏，超出了时间临时要准备夜宵，拍摄地在山上村里，本来就没什么商店，加上深夜，外面就更加买不到夜宵了。生活老师找了当地村民，一家家地问，终于凑到了足够的面条、鸡蛋还有青菜，自己在村民家里生火，煮青菜鸡蛋面。当一碗碗热腾腾的面条送到剧组老师们的手里时，大家无不觉得意外和惊喜，更多的是感动。后来影片杀青后，生活老师跟很多剧组的老师都成了很好的朋友，将心比心，收获的是尊重和友谊，更是一份值得永久珍藏的回忆！

故事三　千万豪宅　极致追求

在拍摄的剧本中有一处场景设定，集团公司的办公室和董事长的家，就是这两个场景，外联制片老师找遍了吉安所有的高档小区、写字楼、别墅、豪宅，都达不到影片设定的要求。拍摄即将收尾，这个场景的拍摄计划一压再压，再没有场景整个剧组都要被拖周期，那样每天造成的损失将以数十万元计。外联老师和执行制片人急得都不敢睡觉，天天在外面到处找，剧组也不敢回，所幸的是终于有了转机，经过熟人引荐，取得了南昌新力集团的大力支持，借用了新力集团董事长办公室和他们开发的豪宅项目里一个售价3600万的复式豪宅作为拍摄场地。事情解决后全剧组都非常兴奋，不光是解决了拍摄周期延期的问题，更是给影片的品质提升带来了一定的促进作用。导演在拍摄时也是更加追求细节品质，在豪宅里有一场拍摄演员在豪宅室内泳池游泳的镜头，南昌的11月，夜晚气温只有6、7摄氏度左右，演员在冰冷的水里反反复复游了十多次，哪怕只有一点表情、一点角度、一点穿帮的问题，导演都要求重拍，这也许就是电影人对艺术的极致追求吧！

"CUT"……"杀青大吉""耶……"历时一个月，艰巨的影片拍摄任务终于在一声声的欢呼中降下了帷幕，所有人的心情都是放松而振奋的。杀青宴上，有唱的、跳的、哭的、笑的，大家压抑了一个月的心情得到了极大程度地释放，这是一部电影制作过程中极其重要的关键，杀青了，最大的风险也就得以排除，接下来就进入后期制作和宣发上映的阶段了。

取得龙标和公映许可证是一部电影能和广大观众见面的"出生证明"，很多电影拍摄完成后因无法取得国家电影总局颁发的公映许可证而无缘荧幕，导致"流产"。因为《爱在井冈》从剧本到组建团队再到拍摄及后期制作的精益求精和执着追求，影片顺利通过了国家电影总局颁发的龙标和公映许可证，这也是一部电影具有里程碑意义的大事。影片最终在党的二十大召开后，成为全国首批获准上映的六部影片之一，江西省委宣传部和江西电影局也将它列为 2022 年省委宣传部的重点扶持项目，并作为推荐学习党二十大精神的优秀影片之一在全省范围内进行推广。各地市委宣传部、电影院也积极响应省委宣传部的号召，掀起了组织观影学习的活动热潮，这也是对影片品质和价值的认可！

回望过往，荆棘丛生，仁毅影视如在风雨中行船。在整体大环境最艰难的岁月，敢拼敢闯的仁毅人咬紧牙关挺了过来，并交上了一份合格的答卷。面对未来，站在新的起点，无论前路是岁月静好还是风雨飘摇，勇于创新的仁毅人必将昂首笑看风云，用心打造一部又一部的优秀作品，向传承千年的庐陵文化和赣文化致敬！

（彭礼仁）

追梦碎锦

　　来到北大已有些时日，我仍然会不时惊叹于这座园子的独特魅力。走在校园内，有时会惊奇地邂逅一座百年建筑；走在校园内，耳边又常伴随着青春的欢歌笑语。我就像在观赏一棵新开花朵的百年古树一样，体会着北大传承百年但永远年轻的底色。在北大的每一天都是流光溢彩的。

　　而在体验北大之余，我也经常回忆起高中三年那充实中略带苦涩的追梦之旅。考上北大固然让人欣喜，为了考上北大而做出的努力同样值得回味。思绪随文章飞旋，回到了令我刻骨铭心的高中三年。

　　刚进高中时，我还没有清晰的目标，在这所重点中学里学习，我也没有想过我会在年级里名列前茅。那段时间，梦想的概念对于我来说还比较模糊。小时候被长辈夸奖，他们常说："这孩子将来是要考清华北大的"，我也没有把这些话放在心上，考取清华北大对那时的我来说，是那么的遥远。

　　而考了一次年级前三后，我的想法发生了一些变化，我开始思考我到底能否考上清华北大，当时的我是不能的，但如果我为之付出努力，也许有可能。我的内心暗示自己，我应该去尝试，去拼搏。梦想在我的心中，初现雏形。

　　而随着我的不懈学习，这个梦想也愈发地清晰。时间来到了高二下的那个暑假，我的命运从此开始了与北大的交错。

　　那是北京大学举办的暑期学堂。由于特殊原因，我不能前往北大身临其境感受它的魅力。但我仍然和全省的优秀学子相聚于线上，与北大学长交流互动。趣味的交流融化了我和同学们心灵间的坚冰，也让我感叹于他们对梦想的执着，感叹于他们追梦赤子心的纯粹。学长们在学习上的指导不时在我心里引发共鸣，也让我获得新的启迪。同时，我也震撼于北大 21 个 A+学科的光辉教学成果；震撼于数不清的动植物在北大与五万人和谐共处的生态佳话；震撼于燕园里见证百年风雨的文化古迹。在星空下，我不禁期望，未来能与这么一群青春朝气的同学一起，在未名湖畔探讨问题。伴随着阵阵清风，浸润于北大传承百年的学术氛围，发出自己的叩问，探索人类知识的高深。暑期学堂落下了帷幕，我对于北大的期望却正式开始。梦想的种子从此播下，结根于兹，慢慢繁华。

就这样，我带着心中与北大的相约，启航了我的高三。在高三上学期，我经历了连续考试第一的欣喜，经历了有时考试失利的不甘，经历了无数辗转难眠的夜晚，经历了前途不定的迷茫。高三是苦累的，苦累到消磨热情，苦累到动摇方向。幸运的是，我在高三上学期结束后的那个寒假里，又参加了北京大学的寒假学堂。带班的学姐不仅给予我们衷心的鼓励，还分享了她在北大学习生活的感悟与思考，她的话语将北大智慧再一次传递给我，消解了我的彷徨，唤醒了我对北大的期望，如北极星般指明我的航向，让我在追梦路上继续前进。

然而，追梦的路上总是荆棘遍布，坎坷挫折常伴左右。高三下学期临近高考，一次考试的失利就能置我们于崩溃的边缘。有一次因为答题失误，我考了班上倒数第二。我努力学习，迫切地想在下一次考试证明自己的实力。然而事与愿违，下一次考试我又没达到班级的平均分。我极力逃避，我拒绝承认，这不是我应有的样子！可是最终我还是要面对现实。我质疑我的学习方法；我质疑我的努力；我质疑我考上北大的梦想。自信在一瞬间崩塌，压力与焦虑在一瞬间将我吞没。父母的关切警醒让我无奈又自责；同学对我的关心被我用不耐烦的态度回应；平时比较放心我的老师也来宽慰我、鼓励我。恍恍惚惚了几日后，我逐渐冷静下来。我明白陷于苦恼于事无补，唯一的办法就是从现在开始努力改变现状。梦想的种子在萌发时遇到磐石，就会轻易夭折吗？只是因为结果不一定如意，就放弃做尝试吗？我不认同，更不接受。考上北大的梦想并未支离破碎，我仍然在咬牙坚持。

所幸，在之后的模拟考试中，我逐渐找回状态，渐入佳境，成绩恢复正常水平。6 月 7 日，我自信地走入高考考场。

高考成绩出来后，我明白凭借裸分想上北大实乃天方夜谭。摆在我眼前的还有一条路——强基计划。梦想即将离我远去，但我仍想拼尽最后一丝力气抓住它的尾巴。于是，在一切看似尘埃落定时，在其他毕业生尽情享受假期欢愉时，我又拿起了笔，延续着挑灯苦战的夜晚，上网课，买资料，做题目。在这期间，我也曾崩溃地向父母大喊："这样的日子何时才是尽头！"；也曾因试题难度极大而自暴自弃；也曾想安于现状图一时安逸。但是，我仍然像高考前那段时光一样，咬牙坚持，从不言弃。终于，时间的齿轮转到了 6 月 29 日，我踏上远离家乡的火车，前往南昌参加强基计划校考。考试过程中，外面电闪雷鸣，风雨交加。我想这就象征着我高中三年所经历的所有挫折、苦难，即使在最后一刻，我也不会向它们屈服。考试结束后，我长舒了一口气，高中的奋斗在此画上句号。离开考场时，虽然顶着暴雨，但我的心中充满光明。

7 月 5 日，当录取至北大的喜讯传来，梦想的种子终于迎来了开花结果的时刻。一种平静感代替了本应有的激动，正所谓"回首向来萧瑟处，归去，也无风雨也无晴"。对我来说，我只是去奔赴一场约定，与北大在金秋相见的约定。

来到首都，来到北大门前，典雅庄重的大学堂牌匾首先映入眼帘。此刻，就好像梦想之门伫立在我面前。我跋山涉水，终于来到这扇门前，即将推门而入，与梦想相拥。一路走来，有太多太多的东西值得我感恩：我感恩我的父母给我的心灵支撑；感恩我的老师给我的信任与引导；感恩我的同学与我始终相伴。实现梦想的喜悦，我与他们共同分享。

高考结束后，天玉镇政府与林氏委员会给予我关心与支持，让我感到莫大的感动。天玉，我最初生活的小镇，它以淳朴的民风不断感染着我；林氏，我一生光荣的印记，族人的守望相助支持着我。它们组成了我的乡愁，故乡也应是我的感恩对象。在前往北京的火车开动时，一种恍惚感油然而生，这便是我对故乡的眷恋。席琳·迪翁说过："生活就像一把梯子，人们以为我在向上爬，但其实我在一步步向下走，走回我的根。"我想，我就像是一根扎根于故乡的藤蔓，走出去是为了接触阳光，接触雨露，制造养分，回馈我的根。

当我走下火车，真正成为一名异乡之客后，乡土已离我万里，乡情却愈加缠绵。乡愁，是在孤独夜晚里遥望明月；乡愁，是中秋节博雅塔为游子们点起的明灯，乡愁是在食堂里点的一道道江南菜，乡愁是一次次与父母的视频通话。难忘在老家的田野里嬉戏，难忘坐在乡下无人路过的水泥路上歇息，难忘一次次与父母在小镇的街道里散步，抬头看星子闪烁。树叶向微风呢喃，却留不住它离开的脚步，我为了自己的梦想，最终离开了家乡。新的生活伴随着考验，每当我力不从心时，仰望天空，想起那个在故乡的怀抱下无忧无虑的小男孩，便又鼓起勇气，继续前进。故乡，虽与我远隔千山万水，却通过与我的心灵纽带，仍在向我输送力量。

"未名博雅，家国天下。"深入了解百年有余的北大，其特有的"北大红"总会激起我心中澎湃的爱国情感。五四运动在这里爆发，以"风雷"之势震撼国人内心，拉开了新民主主义革命的序幕。马克思主义思想从这里传播，将红色的种子种遍华夏大地，促进中国共产党的诞生。北大人的家国情怀，是在战火纷飞中组建西南联大，为抗战事业保留科研人才，彰显不屈不挠的民族气节；北大的家国情怀，是在改革开放初期提出"团结起来，振兴中华"的口号，迎着时代的春风，书写华夏新篇章。在北大，我体会"先天下之忧而忧，后天下之乐而乐"的真谛；在北大，我感悟先贤筚路蓝缕的艰辛与"虽千万人，吾往矣"的坚毅。我想，是来之不易的美好时代给了我为梦想拼搏的机会，是大有可为的时代呼唤我们青年一代有所作为。我很庆幸躬逢盛世，我更庆幸未辜负盛世。我希望能如《燕园情》所唱的那样"我们来自江南塞北，情系着城镇乡野。我们走向海角天涯，指点着三山五岳"，磨砺自我，砥砺奋进，"立大志，明大德，成大才，担大任"，成为新时代追梦人中光荣的一员。

"追风赶月莫停留，平芜尽处是春山。"来到北大，日月是不收卷的文章，山川为你掌灯伴读。北京大学只是我生命列车的经停站，而不是终点站。我很庆幸，在最美好的年华，能和一群志同道合的朋友一起，书写青春的事业。我很庆幸，来到北京大学这样一个优秀的平台，与时代的脉搏同频共振。"自信人生二百年，会当水击三千里"，我将以昂扬的姿态拥抱未来，在时代的天空中，做一股追梦的劲风！

（林瑞祥）

天玉的祖母绿

　　纵目天地，只见吉安赣江东一抹青绿，那是青原名山。其北的天玉山，那一行行气势雄浑的绿林诗，平仄有韵，起落有风，跌宕有致！那天风浩荡、山峦苍茫之气势，那惊心动魄、震撼旋律之力量，禁不住为之赞叹！"芙蓉隔江罗翠屏，孤峰独拥金螺青。两山秀色挹青翠，千古气入秋冥冥。"（《题江头八景·其一》）这便是明朝初期文学家、内阁首辅胡广对家乡天玉山的赞美。

　　从帝景湾住宅区的角度望去，天玉又酷似一位仰卧江面、漂濯长发的老祖母。连绵起伏的山脉是修长而不老的身段，绰约多姿，楚楚动人。无论是朝霞的光芒，还是晚霞的妩媚，皆宛如飘逸的绿绸缎萦绕山峦，净心素雅，不污不垢，或典雅，或庄重，或灵动极致的光芒静静地折射在天玉镇这块风水宝地上，恍惚一颗硕大璀璨的祖母绿宝石镶嵌在天玉镇美丽时光的长河里，温润无比，与镇语，与镇同，与镇依，默默地与镇朝夕相伴。

　　祖母绿宝石的光芒佑佐了一代重臣——明朝内阁首辅胡广一生的辉煌。

　　胡广，洪武三年（1370 年）出生于吉安府吉水县（今青原区天玉镇）的一个官宦家庭，字光大，号晃庵。南宋名臣胡铨的十二世孙。建文二年（1400 年）胡广中进士第一，授翰林院修撰，赐名靖。"靖难"之后，擢翰林院侍讲，改任翰林院侍读。不久，迁右春坊右庶子。永乐五年（1407 年），进翰林学士兼左春坊大学士，解缙为内阁首辅。永乐八年（1410 年）春，随驾北征，大军所至，每有刻碑，明成祖都命他书写。永乐十四年（1416 年）

迁文渊阁大学士、右春坊右庶子兼翰林院侍讲……

一代天骄，护我家乡，耀我中华！

祖母绿宝石的闪烁依然点燃了 31.7 平方公里一代又一代天玉人心中的梦想。

时光进入 21 世纪 20 年代，8 月 6 日的一天，天玉镇热闹非凡，原来镇党委、政府，正在礼堂举行隆重的 2022 年度优秀高考学生表彰会暨乡贤联谊会捐资奖学仪式，会上热烈祝贺以林瑞祥、邱晨曦、周家城同学为代表的 78 名应届高考生圆满完成高中学业，并以非常优异的成绩向天玉的父老乡亲交上满意的答卷，他们将奔赴新的学校继续学习。78 名应届考生中一本上线 31 人，其中 985 院校 6 人，211 院校 7 人；二本上线 22 人；一、二本中脱贫户 5 人；二本以上上线率达 67.95%。被录取北京大学的林瑞祥同学发言《不惧失败，唯有坚持》，他说：困难差点让我妥协，曾感叹试题难度极大而退却，想摔破罐子一走了之，恐惧成功概率微小，质疑自己的努力值不值，是不是那块料？然而，每次回到天玉的时候，父母的眼神，父母默默地付出，还有天玉山，那抹不去的青山绿水神灵，就是金戈铁马，刀山火海，我为何不可杀出去？胡广能百万里挑一考取状元，我为何不可？我还是天玉的子孙吗？是天玉，给了我莫大奋斗的勇气；是先贤，给了我莫大的精神力量！是自己，心中不灭的那团火熊熊燃烧给了我无限的勇敢！祖母绿在太阳光的照射下，小林再次回到校园，驰骋在学习的战场。

21 世纪 20 年代的年轻人身上秉承着老一代天玉人的睿智，透视着新一代天玉人的顽强，"沧海月明珠有泪，蓝田日暖玉生烟。此情可待成追忆，只是当时已惘然。"功夫不负有心人，小林终于赢得了梦寐以求的学堂，终于走出了这片大山，踏上了更广阔的人生道路。

周家城同学也在大会上发了言，他说：我的父母双双残疾，家里劳动力严重缺乏，还有一个妹妹在读书，生活捉襟见肘，入不敷出，压力很大。那时，我根本没心思读书，想帮衬家里，保证妹妹读书即可，这时候镇政府领导来我家，让我得到"两免一补"，减轻负担（免学杂费、住宿费还有补助），逢年过节，干部早早过来慰问贫困户。我心里装着领导对贫困户的温暖，怀里揣着一级党组织的关怀和政府的厚望，肩上扛着乡贤们的嘱托。我

拨开云雾挺直腰板昂首阔步前行在布满荆棘的道路上，天玉让我重整旗鼓，天玉让我穿上戎装，我是一个永不退却的战士，我是一个永怀感恩之情、自强不息、天玉的好儿郎。如今我以优异成绩报答党和政府领导、叔叔阿姨们的倾情帮助，来日我将成为新一代乡贤报效社会、报效祖国、报效家乡。"几年种竹今成坞，剩有林亭十亩阴，更在旁边开隙地，年年春雨长森森。"

乡贤代表曾环君会长说：鼓励年轻学子要坚定理想信念，将来无论走在什么岗位，无论身处何处，都要不忘家乡，成为有作为的新乡贤。镇乡贤联谊会也将一如既往地在镇党委、政府的领导下，主动为天玉的经济社会发展作出应有的贡献。

区委常委、区政府副区长，镇党委书记陈嵩对取得优异成绩的同学表示祝贺，并向参会的学子提出了三点希望：希望他们步入大学，好好学习；希望他们常怀感恩之心，情系家乡；希望他们传递爱心，回报社会。

对参会的各位乡贤，陈嵩发出三点号召：希望他们一如既往支持家乡的教育事业；一如既往支持家乡的项目建设；一如既往助力基层社会治理。

踏上漫漫求学路，我们无论身在何方，今后无论成就大小，都要永远心系家乡，树高千尺不忘根，永远不忘记我们人生初始生活的这个小镇——天玉镇。到我们学业有成，走上工作岗位的时候，我们也要像今天在座的各位乡贤叔叔伯伯一样，弘扬乐善好施、尊师重教精神，尽己所能，为家乡的各项事业的发展贡献出自己的力量。

会议结束了，热闹散场了，一场新的接力赛开始了，一场承前启后、继往开来的接力赛锣鼓敲响了，一场温馨传承天玉的历史开拓新的未来的接力赛启动了，跑道上满满的天玉人争先恐后、极力拼搏的接力赛正在进行着！

一群雏鹰，振我雄风，正在翱翔！

如今我看着你，天玉。正在缓缓升起的暖阳里，那一束光正唤醒绿意葱茏的天玉山。小镇醒了，天玉醒了，天玉的父老乡亲醒了。

不老的是绿水青山，不灭的是天玉雄气，横贯天地，漫溢史书，天玉在拔节生长，一代一代！

有一枚祖母绿宝石亮丽着天玉，

有一枚祖母绿宝石情怀炫舞大江南北，
有一枚祖母绿宝石灵气穿越天玉发展豪迈。
有一段天玉可期的未来刻骨铭心，
哦，天玉山，悠悠千古玉关情！

（刘晓珍）

天玉中学回忆

　　巍巍天玉名山下，铜壶滴漏瀑布旁，青原区天玉中学坐落其间的上神岭。学校周边山清水秀，105 国道毗邻而过，交通便利。校园内树木葱郁，鸟语花香，生机勃勃。在校园大阶梯中央有一棵好大的百年古樟树，葱茏如盖的树冠，托举着浩渺的星空，顶着烈日骄阳，守望着春华秋实，荫庇着一代又一代的希望；盘曲遒劲的根，一往情深地扎向大地沃土；数人方能合抱的壮实躯干，透露出生命的伟力；斑痕累累的粗糙树皮，经几番枯荣，历百年悲欢，见证了学校的变迁、发展。

　　百年大计，教育为本。

　　20 世纪 60 年代中期，三位教育拓荒人胡朝节、肖义礼、李利发奉命在斯地办学，校名为"吉水县临江农业中学"。七十余名学生，两栋破旧民房，八十三亩薄田，半农半读，耕读合一，学制三年，除了学习文化课和农基课外，主要是种田、栽果树、饲养牛、猪、鱼、鸡、鸭。文章写在大地里，希望就在田野上。排除后来"文化大革命"影响，学校硬是为当地培养了一批合格的新式农民和建设人才。

　　时至 1968 年 8 月，临江小学全部人员和校产并入学校，改名为"吉水临江'五七'中学"。

　　三年后，学校更名为"吉水县临江中学"。校革委会主任廖仲明主持全面工作。学制改为"二二制"，即初中二年，高中二年。四个年级四个班，约有学生二百余人。另外临江小学、塘尾小学各有一个附设初中班。教学用房是用黄土筑墙的木架瓦房，教学设施匮乏、简陋。教学内容有文化基础课、农基课。以学农实践为主，在学校农工指导下种水田、栽果树、养殖家畜。大搞副业，打草鞋、捡牛粪、割青草。形成"谷满仓、油满缸、鱼满塘、书声朗"盛况，在物资极其短缺的年代，收获了累累硕果，师生们引以为自豪，惹得社会上羡慕不已，成为当年吉水县教育战线上的一面旗帜。在县教育局组织下，各个公社中学纷纷派代表来临江中学参观学习取经，红极一时。

党的十一届三中全会后，教育战线拨乱反正，正本清源。临江中学撤办高中，改为全日制普通初级中学，学校校长先后由马厚敬、胡朝节任职，并兼任全公社教育党支部书记。教职工二十余人，六个教学班（每年级两个班），学生有三百余人。学校原有的八十三亩水田退耕还林，办果园，由专人承包管理。学校逐步转入办学正轨。但校舍仍然简陋、破旧，教学设备极其短缺。有人嘲讽："设备少，教室破，上高下低尽是坡，茅草割耳石障脚。"但仍注重教学管理和教学质量。1986 年 8 月，临江乡改为天玉乡，校名也随之更名为"吉水县天玉中学"。

1987 年，行政区划改变，天玉乡划归县级吉安市管辖，学校更名为"吉安市天玉中学"，胡秋林出任校长（党政一肩挑）。学校全面贯彻党的教育方针："为社会主义现代化建设服务，必须同生产劳动相结合，培养德、智、体全面发展的社会主义事业的建设者和接班人。"学校领导与教师同心同德，充分发挥教师主导作用，学生主体作用。学校规模逐年扩大，增加到 18 个教学班，学生人数八百余人，教职工五十余人。办学条件大为改善，逐年拆除危旧房，建新教学大楼、多功能综合大楼、师生食堂、运动场、玉霖亭、花坛、厕所。拓展校园面积 20 亩，并将整个校园围起来，绿化、美化，确保师生和财产安全，营造良好的教学环境。教学设备逐年充实、完善，筹建了理化生实验室、图书室、语音室、音乐美术室。校办果园劳动基地。学校加强教学管理，加强师资队伍建设，加强学生日常行为规范，教学质量稳步上升，每年中考升学率屡创新高，为中专和高中输送了大批合格新生，为天玉镇学子进一步深造铺就通道。

学校成为"京九"铁路沿线"窗口学校"，屡屡荣获市教学管理优胜奖。"三十而立"，1995 年 10 月 5 日，学校隆重举办天玉中学建校卅周年庆典活

动。翌年，学校代表吉安市农村中学接受省政府教育"两基"督导评估检查，经验收完全合格。

新世纪元年，天玉镇划归新成立的青原区管辖，学校又更名为"青原区天玉中学"。胡秋林、陈武生、刘志俊、曾江宏先后任校长。学校设有十二个教学班，学生500余人。学校始终恪守"立德、笃学、善做、健体"校训，形成"和谐、务实、向上"的校风。学校管理制度健全、严格，教学成绩显著，青原区中考状元、榜眼多次花落天中，社会各界人士赞誉有加，办成了天玉镇人民满意的学校。

后来由于"城镇化"等外因影响，学校短期内应对措施不到位，造成生源流失现象，一度影响了学校声誉。

近五年来，学校新的领导班子成员团结担当、励精图治，整个学校师生焕发出务实进取、积极向上的精神风貌。教师爱岗敬业、认真负责；学生好学守纪、朝气蓬勃。办学条件发生翻天覆地的变化，高大、宽敞、明亮的教学楼，崭新、规范、实用的塑胶运动场，在农村中学率先装备了功能先进的录播室、微机房、理化生实验室、图书室、音乐美术室一应俱全。学生宿舍整洁有序、设施完备；师生食堂饭香味美、营养卫生。学校推进"五育并举"、落实"双减"政策，呈现一派生动活泼的教学局面。教学质量显著提高，近几年连续在区运动会上荣获农村中学团体总分第一名，各类文体单项比赛创佳绩。2021年中考成绩名列全市第20名，连续三年荣获区政府表彰的"办学水平评估先进学校"奖牌。

学校正朝着文明校园、平安校园、秀美校园、优质校园的办学目标砥砺前行。

天玉中学办学近六十年的历程，结下丰硕成果，为党育人、为国育才，为天玉镇人民造福，成千上万的天玉学子从母校启航，奔向远方、铸就辉煌！

（胡秋林）

144

故地新姿

心中有棵苦楝树

他是个孤儿。

他经常孤零零地站在村外那棵高大且孤独的苦楝树下，眼巴巴地仰起头，有时望着满树那淡紫色楝花和闻着那幽幽清香痴笑、幻想；而每当秋后时节，他又望着那满树椭圆形的苦楝子发呆、发愁。

苦楝树也有花艳花香期，他有吗？

他在家乡的胡家洲小学读完一、二年级后，随着只读了两年书的姐姐罗小红"嫁"到了泰和万合，在梅冈小学续读三年级，五年级还没读完就无钱再读，只好跟着姐夫在砖窑厂做工。最难熬的是，那年都未成年的兄弟二人回到村里无事可做，家里灶冷锅锈，他走村串户收废品、卖冰棒，春季无牛无犁要耕种近二亩水田，农时家家忙，兄弟俩只能以锄锹当牛犁，莳田割禾，累得背驼。特别是偶尔有人投来鄙视的眼光，似酷热的阳光炙烤着他稚嫩的心。站在田里，远远望着那棵苦楝树，听到布谷鸟的叫声都像是在说"孤苦，孤孤苦苦"。

好在还有姐姐的接济与收留，他从 8 岁至 20 岁的每一个春节的年前年后，都是在姐姐家欢度的。那年开春他好像开蒙懂事了，心想，一定要学一门手艺，才能改变生活，改变命运。于是，堂兄介绍他来到吉水水南做木工学徒，除向师傅学手艺外，走村串户，吃百家饭，听到好多民间故事，见到好多人情世故，他的视野越来越开阔，日子越来越充实。熬过两年无工资的日子，第三年起 2 元钱一天，再参师一年 20 元一天（只得到 15 元），后来出师帮师傅带徒才每天拿到满工资。此时，他开始羽翼渐丰，觉得应该成家立业了。1998 年正当苦楝树盛开淡紫色花的季节，他和妻子在清香四溢的乡土牵手，开始走向新的生活。

创业就是在水南街上开始的。1999 年开办木业家具厂，当起了小老板，雇了 10 多个木工和油漆工，为农村人办嫁妆、迁新居购置实木家具，日夜赶工，一年下来纯赚二万多元，把结婚时白手起家的借款还了，略有盈余。接着第二次转行，跟着堂兄又做了三年学徒，土法上马，采用山苍籽、樟树、牡荆提炼香料油。2004 年 5 月，在吉水县城南开设"吉水县仁达香料油有限公司"，做起了贸易生意，6 月份由青原区政府招商，转迁至天玉镇落户，租了个 200 平方米的民房，挂起了"天玉香料油提炼厂"的招牌进行加工生产，每天外出推销产品，晚上还在外采购原料或给各地送货，睡在民房的仓库里，三餐吃的盒饭。许是上天的眷顾，2010 年，因规模扩大需要，进入青原区工业园投资建厂，购地 15 亩，建厂房一万平方米和一千二百平方米的研发检验中心。当他西装革履端坐在装修得古香古色的办公室那张硕大办公桌的老板椅上时，桌上烫金名片赫然印着：吉安市中香天然植物有限公司董事长罗秋根。

罗秋根的大名是他爷爷罗本伋亲自给起的。罗本伋只有罗秋根的父亲罗有赋一条独根。爷爷寄希望他家秋天发的这条根，能繁衍出更多的根传宗接代，像树根一样生生不息。不料，罗有赋生下的两个儿子，大的夭折，只剩下罗秋根这条独根，好在他与妻子陈玉玲生了三个儿子，没有辜负爷爷的期望。爷爷是青原区文陂村枫林罗家自然村的族长公，活了 80 多岁谢世的。

好在苦惯了。苦惯了的罗秋根是撑饱了苦的人，他觉得现在再也没有比他小时候的苦更苦的苦了。于是，他要开始艰难地攀登两座山，一座是书山，一座是艺山。

中国古方医药历史悠久，源远流长，治法独特，疗效卓著，博大精深。药到病除的神奇功效，无现代合成化学药物的副作用，已经和正在解决现代医学面临的许多难题，日益为世界医药界所瞩目。就凭他读了 5 年半书所掌握的汉字，他硬是大胆地闯进了中国古老的典籍，寻觅中医古方，何其艰难？

在中医古方这座崎岖不平的山间，罗秋根鬼使神差，如饥似渴地精心采

撷他寻觅到的，益于人体健康的天然植物名称记载和植物标本图例，每当此时，他兴奋不已，如获至宝，废寝忘食，神清气爽。与此同时，他还四处打听民间土郎中，登门拜访，求教偏方，捡拾遗珠，乐此不疲。

紧接着是攀登艺山，生产工艺之山。这与当初土法提炼山苍籽油、香樟油、牡荆油完全不一样，必须走出去，几下深圳、广州参观学习，不断积累，筛选配方，刻苦攻关。他利用公司生产厂房基建的空档，率 20 名专业科技人员南下，先把分公司开到了广州，走出省外，再走向国外，开始与海外客户洽谈生意，与国际接轨。

秋之根，根在吉安，根在乡土。2019 年，他开始返回青原区工业园区，以"诚实守信，科技创新"为宗旨，靠质量求生存，信誉求发展，扎下根来，把原材料转化为色香各异的化妆品，面向庐陵大地这块乡土，规划从根开始，以农村农户——原材料种植——原材料采集、提取、生产——日用品市场，从此，有了立根之本。

罗秋根一直对龙脑樟树情有独钟。因为龙脑樟树既是名贵稀有的药材，又是高级香料，还是重要的化工原料，有植物黄金的美誉。龙脑樟最早记载于南北朝，距今有近两千年历史，在中医典籍中，龙脑樟被称为天然冰片。因极具透皮功能，被归于芳香开窍类药材。《本草经疏》云：龙脑"其香百药之冠"。1986 年，吉安市林科所、中国科学院植物研究所、首都师范大学组成科研协作组，开展《樟树优良经济类型选择的研究》项目，在吉安境内发现了一种富含右旋龙脑成分的香樟新类型，其鲜枝叶经蒸馏提取得到纯度很高的右旋龙脑（天然冰片），故命名为龙脑樟，属国内首次发现。龙脑樟成为提取天然冰片的理想原料，改变了我国长期依赖进口的局面。

龙脑樟三个字，像一种天然的药理作用，刺激着罗秋根的中枢神经，使他长期处于兴奋甚至亢奋之中。他似要踏遍庐陵乡土的青山峻岭，终于选定在吉安县的浬田田沁村，采取"公司+基地+农户"产业化发展模式，一次性租下千余亩山地 30 年的使用权。招兵买马，请来一大批临时劳力清山整地，全部栽上龙脑樟，要营造一片绿色，芳香世界。

罗秋根的创业之路，如同他人生险途一样蜿蜒曲折，跌宕起伏。但正如他所说：好在苦惯了！他以苦为乐，乐于吃苦尝难，许是他心中常有那棵苦楝树……

正当龙脑樟基地的龙脑樟扎根散枝发叶之时，罗秋根以 200 多元一亩，每年 60 多万元的承包费，全部承包给当地几个自然村的村民负责管理，从每年的锄草、松土、施肥、整枝到收割，罗秋根请来技术工人演示指导，经常巡查。这样一来，村民仅三四个月，有的纯收入一万多元，人均 6000 多元，村民的腰包鼓起了，集体经济也富了，皆大欢喜。

罗秋根的人生，除了好在从小苦惯了，还好在有个贤内助。当年陈玉玲铁了心要跟罗秋根过一辈子，就打算了要过苦日子，她心中同样有棵苦楝树，但她坚信苦楝树也有花开花香之日，且花开得素净，香得淡雅。她一手操持家务，养育三个孩子，放罗秋根这匹属相马跑，直至跑到天涯海角，罗秋根都无须牵挂。

还别说，罗秋根这匹中香黑马还真驰骋天然香场，跑到海角天涯，冲向国际舞台。

罗秋根在建有自己稳固基地的同时，常常率领技术人员，游弋在吉安的山苍籽树、菖蒲、艾草，四川的澳州茶树、湖南的迷迭香、新疆的薰衣草、山东的玫瑰、甘肃的当归、贵州的花椒、云南的桉叶、广西的八角、山东的大蒜、安徽的薄荷……之间，在这些独具特色的香料特产地，他们参观各种各样植物的采集、生产，如痴如醉置身于各异的香型之中，签约采购各类特色毛油，回到厂里提纯成各种成品精油。生产的植物精油，化妆品护肤，健康养生等系列产品，参加深圳全国礼品大展，广交会，美博会。现在中香公司旗下拥有多条植物精油提取生产线，建设了食品添加剂生产车间，并获得 SC 食品添加剂生产许可证。其公司的化妆品生产车间拥有三套生产线，且通过 SGS 公司的美国 FDA-CFSAN（GMPC）和 ISO22716（化妆品良好生产质量管理规范）认证，还获得 ISO9001 质量管理体系认证。2017 年，企业荣获"中国著名品牌"和"中国植物精油行业百强企业""国家高新技术企业"。2018 年，罗秋根被授予"中国诚信企业家"称号。目前，已获批 20 多个具有知识产权的实用新型专利和 60 项商标，正在筹备 10 个发明专利的申报，产品受到全国各地及 100 多个国家市场的青睐。每当罗秋根西装革履在公司接待外国客商和率领翻译组来回在美国、越南、泰国、马来西亚、新加坡等

国的商务洽谈桌上时，他才真正体现出"宝剑锋从磨砺出，梅花香自苦寒来"的人生价值。

2021年6月17日，省长叶建春慕名而来，视察中香天然植物有限公司，详细了解企业生产经营，市场拓展，产品研发和技术改造提升等情况，并给予了高度评价。罗秋根如沐春风，他心中那棵苦楝树花又一次怒放着，芳香四溢。

为了使企业再上层楼，罗秋根要将企业向更高标准化，规范化发展，已与井冈山大学、江西农业大学林学院、河北大学中医学院合作，建立江西农业大学林产化工专业工作站和河北大学中医学院产学研工作站，构筑产学研用交流合作平台，加快科研成果的转化。他心中一直有个念想，要把企业做大做强做精，回馈乡土，回馈社会。

苦尽甘来，大凡吃饱了苦的人，最懂得回馈。多年来，每逢佳节，罗秋根都要带领员工，到敬老院为老人们送上礼品和生活物资，传递人间温暖。关心下一代成长，罗秋根已连续4年，每年资助一个大学新生直到完成大学学业。他感叹地说：我深知没读到书的苦楚。同时，抗洪救灾，防疫抗疫，都少不了印有"吉安市中香天然植物有限公司"的捐赠物资流动在庐陵大地。

凡此种种，都因罗秋根心中有棵苦楝树。

每当乡间苦楝树花期浓烈之时，罗秋根就要带着妻子和孩子回到那棵树下，依然用孩童般的眼神，凝望着满树淡紫色的鲜花，深深吮吸着她散发出的缕缕清香。此时，他往往会微闭双眸，让自己全身心地沉浸在人间所有天然植物香料的日精月华之中神游，那是罗秋根的香魂使然。

他确实是个香魂"孤儿"——庐陵大地天然植物香料行业中领跑的骄子。

哦！归来总觉衣袖香……

（肖韶光）

红狮寄语

  在红土地天玉工作六年了，很想提笔写点什么，每每提笔，总是以莫名借口搁笔，加之才情欠佳，无从落笔。时至今日，鼓足勇气，来一本流水账，记录一点本人的感悟和企业在这片神奇热土上的生存发展吧。

  吉安市宏光实业有限公司，是红狮控股集团旗下一家子公司，立项于2009年底。初选址为吉水，后经辗转反复考虑最终落户于青原区天玉镇田心村，投资1.13亿元，于2013年下半年开始试生产。主营红狮牌水泥生产销售，产品广泛应用于高速公路、铁路、新农村建设、高层建筑等重点工程、民用工程。在我之前有三位老总在此奋斗，对前任辛勤无私地付出，替我夯实好基础，由衷地表示感谢！我最早踏入天玉这片土地，是2013年底，时任区域运考处处长，对各个子公司的指标考核和服务是我的职责之一。当看到天玉这个地名，突然很有好感，当时就在想天玉二字太有文化内涵了，猜想是不是取自中华启蒙教育《千字文》，开篇就是一个天字，天地玄黄第一字？玉字是不是源于《三字经》中的"玉不琢，不成器"之意？一见钟情于斯地，也感情系起吉安红狮，没想到，三年后一纸调令，本人走马调任宏光实业，工作至今，冥冥之中自有天意啊！

  爬天玉山，初衷是想汲取未曾商业化的道教文化。听观中老人叙说，此山原名天狱山，在山顶用脚踏地时会有踩空之感觉，如鼓一般作响。后山下状元公胡广取谐音，易狱为玉！原来如此，几年前的猜想今才释然。好奇心重，遥想胡公当年为啥改狱为玉？炼狱过于暴，艰苦环境受磨炼，易于夭折，

还是"玉不琢，不成器"比较适合中华的儒教文化，中庸更乐于大众接受？后来爬天玉山次数多了，过程中的累、酸和坚持的信念，似乎隐隐解释了人本来就是来吃苦的，在世间修行为狱，狱炼成功为玉。登顶习风，吐故纳新，呐啡哒引爆的快乐，易激发正能量，先苦后甜，会倍惜幸福，自然而然造福乡梓，传承中华之美德。如果能穿越，我想问一下先贤，我是否是读懂了状元公当时易名心境之一人？联想到现在企业，原先是一家濒临淘汰企业，作为技改项目进行大规模输血整合换代，来造福乡梓，发展当地经济，促进社会和谐。这不正是红狮人在传承天玉文化神圣的使命和责任担当吗？企业要在天玉做好领头羊，首先要有炼狱心态的准备，不畏艰难。感谢感恩这片有历史文化底蕴的土地。宏光公司现在基本本地化，员工95%是青原子弟，历年来创造的产值和税收在青原区都是首位的。经全体员工的共同努力，获得国字号奖牌两块，省字号奖牌三块，青原区奖牌三块！多次荣获安全生产单位和优秀工会等称号。吉安宏光还是吉安市唯一一家被"水泥人网"评为花园式工厂的单位，为成为国际一流的绿色建材企业作出了应有贡献，是红狮人的骄傲，也是让每个天玉人认可和值得自豪的企业！2017年，吉安宏光就通过二级安标化的验收，是青原区唯一的一家企业。天道酬勤，付出总有回报，在打造出吉安的红狮品牌同时，本人也有幸获评青原区首届劳动模范、第三届吉安市市长质量奖提名奖（个人）等荣誉。

情之所至，动之所在！企业扎根于斯，不得不提一下企业帮扶领导的热忱！说实在话，我在集团各子公司领导岗位上多年，见识过诸多的帮扶领导，但区政协罗主席在我到岗第三天便主动登门拜访，了解诉求，瞬间让我在天玉工作的热情再一次爆发，对未来充满信心。

多次的接触，使我深深爱上了并学习这位大哥的儒雅务实的工作作风。在一方工作，首先要了解这片土地地域文化，沉下心，做实事，默默做，不居功，炼狱终成玉！挂点领导的真诚帮扶，让我视野更加开阔，也觉得自己越来越像一个合格的职业经理人！像这样政清友亲的帮扶领导，青原还有好多，可以说区镇村各级的帮扶对我个人和企业影响深远！

企业以盈利为目的没有错，但利义并举的天玉文化不能断。逢年过节走访贫困户从未间断，竭尽所能传递正能量；帮助田心村壮大集体经济贡献企业力量；维护社会治安，组织义警队，促进和谐。企业在发展过程中难免有阵痛，但在天玉这风水宝地总能找到解决方案！爬天玉山能明白玉需琢，过铜壶滴漏看瀑布，聆听流水音让人静心！和庙中住持交流，能禅悟当今商业社会的喧嚣和个人修为的重要性！不忘初心，砥砺前行！若无相欠，怎会相遇？努力！

人家是乡音无改鬓毛衰，到我这儿改了！回浙江兰溪老家休假，幼时好友欢聚一堂，准备就餐，我竟脱口而出一句，好恰饭了。他们一呆，继而哄堂大笑，嬉说我是江西老表！我很自然地乐呵呵地傻笑。对了，天玉有个村亦叫兰溪村，不也是我们的故乡嘛。届时我邀大家来兰溪村做客，用天玉临江窑古碗，盛飘香醇厚的冬酒，装天玉特有的油豆腐，用天玉的唢呐吹出天籁之音欢迎你们。对，就这样，天玉、天籁，我天天赖在天玉不走了。

（陆锡扩）

绿色变奏曲

炎热的八月，正是骄阳似火时节，笔者慕名来到天玉镇，前来采访吉安市优秀共产党员、吉安市人大代表、吉安市十佳公务员、省党代表、江西省劳模、江西省政协委员、江西省"十大井冈之子"、全国优秀党务工作者、全国带头致富青年、全国优秀党支部书记、全国绿化奖章获得者、全国劳动模范李友礼。

等待时分，我在寻思他究竟是一位如何神奇的人物？准确把握市场，不断培育出适销对路的新品种，带动天玉镇30%的农户从事育苗、种花，至今天玉镇全镇育苗面积达近万亩，品种达200余个，成为名副其实的花木种植专业镇，每年种植花木人均增收300多元，年均纯收入由2001年不足1500元增至现在的上万元。李友礼还以"公司+农户+大户"的形式辐射，带动周边县（区）、市群众从事花木苗木种植5万亩以上，增收两亿多元，促进了吉安市花木产业迅速发展。约半个小时，一位风尘仆仆的中年男子走到我面前，镇里李伟亲站长介绍说，这就是劳模李友礼同志，稍微简单的寒暄，绿色奏鸣曲开场。

他每栽下一株树苗，他就耕耘着一个理想：
振兴天玉，创建花卉苗木产业化联结模式，绿山富民，
把荒山变成"绿色银行"

生于马年的李友礼，饱满的脸庞绽放着乐观、自信的笑容，双眸中蕴藏着农民的那种大智若愚的真诚和朴实，他就是带领群众勤劳致富，无偿为加盟农户提供采种育苗和花卉培育的整套技术，并为他们垫付启动资金，平凡中透着闪光，谦和中透着高远的千里马李友礼。

1985 年，他刚高中毕业，回乡当了农民。经历过"知识无用"的荒诞年月，又经历了艰苦的农村生活，李友礼仍不忘读书，始终相信读书能改变命运，科技能创造价值。他从书店，甚至地摊买来书籍，寻找科普旧图书和旧杂志，他自费订阅了《江西科技报》《接苗栽培》等 10 种农技报纸杂志，刻苦钻研苗木育种技术。知识的乳汁填补了他那辘辘饥肠。饱尝农村艰辛，深知农民艰苦的李友礼知道，他要用知识改变农村"一穷二白"的面貌，就要靠知识武装自己，首先从自己做起。

有一种人，初一见面并不会给你什么惊讶。一张很平常的脸和一身很朴素的衣着；听他描述观点的时候，你会迅速被他朴素而敏锐的思想魅力所吸引，被他那对事物朴实而新颖的观察触角和充满灵性的哲理所折服。李友礼就是这样一种因交谈而使人对其刮目相看的人。虽初次见面，仿佛多年相知，他毫不设防，如对旧友，倾诉衷肠。时而开心地笑，时而严肃地紧皱眉头。吃苦他不怕，再苦再累他挺一挺就过去了，但他怕委屈，和不被人理解。说到委屈处，辛酸的泪水居然流了出来，性情中人，这是那种一旦相交就坦诚地愿意把心中所思所想都倒给尔的人，是一个值得相交的朋友。

1988 年，李友礼通过大量的市场调查，获悉花卉苗木的发展前景十分看好，且苗木种植收入是水稻种植的几倍，但他不敢贸然行动，在村里试种了三分地湿地松苗，靠 3 斤湿地松种子，贷款 300 元钱开始了创业之路，当年就获利上千元。他初尝甜头信心倍增，逐步扩大栽种面积，到 1996 年，他的

育苗面积已发展到 20 多亩，品种由单一的湿地松发展到木荷、枫香、樟树、桂花树 10 多个品种。

为响应江西省委、省政府的"三个基地、一个后花园"建设号召，2000年 6 月，李友礼成立了吉安市景天实业发展有限责任公司，妻子朱桂珍出任法人代表，2001 年把花木生产主基地从交通不便的流坊村搬到 105 国道边上。他把苗木种植面积又拓展到 26.67 公顷，花木品种达 200 多个，公司也由单纯种植发展到园林规划、设计、建设施工等一体化的综合性公司。通过建立一整套规范的管理制度，成功地与一些院所科研机构建立了长期合作关系，打造自主品牌，注册拥有"誉景天"商标。成功承接了井冈山华能电厂、吉安赣新大道、吉安迎宾大道、赣粤高速公路等大型绿化项目，业务跨区域做到了赣州、南昌、上海等大中城市，年销售额超 5000 万，成了我市颇有名气的"苗木大王"。2005 年 5 月光荣当选为"省林木种苗协会理事单位"，2006年被列为省级农业产业化经营龙头企业，2007 年被评为省级"一村一品"示范点，还先后获得"特色农业基地建设先进单位""支持社会主义新农村建设先进民营企业"等荣誉。镀上一层金色的春光。没有喜庆的鞭炮，也没有隆重的庆典，只有一棵棵树苗扎根在 105 国道旁，只有一排排绿植高高举起的手拍打着快乐的音符，跳跃在成功的道路上。

他每开发一个产品，他就放飞一个希望：
依靠科技，选用良种，把苗木变为绿色生态花园

李友礼深深地知道，自己的公司奏响第一支畅想曲，并不算真正的成功，真正的成功是带领村民致富。

2002 年 9 月，李友礼受命担任流坊村党支书。让有口饭吃将就过下去的村民转变观念谈何容易，旧观念、旧思想的羁绊太多。有创业的宏论，有创业的雄心壮志，可村民没法动起来。面对流言蜚语，嫉妒他人却又不思进取、不思改观、安于现状的想法让李友礼一筹莫展。说着说着，满腹委屈泪水闸门泄洪般地倾泻着。男儿有泪不轻弹，只因未到伤心处，他在一粒粒黄金般的泪珠中懂得了当时的艰辛。他说"知夫莫如妻"。妻子安慰说："你自己决

定了的事就干，别人不支持甚至刁难，不管，我全力支持你……如果亏损了，把自己的公司赔进去了，我们勒紧裤带重来。"见贤惠识大体的妻子支持自己，李友礼吃了定心丸。

李友礼的第一乐章：从干部队伍抓起。这时组织部的工作组进入村里蹲点，三培两带给李友礼指明了方向。有了组织的信任，有了组织的支持，腰杆子硬了，底气足了。三部曲华丽登场，第一：起步！把普通的村民培养成共产党员，他从李伟亲一帮先进青年人入手，年轻人积极向上，以情入理，以情感人，正能量引导，李友礼成功了；第二：起舞！把年轻的共产党员培养成为致富能手。村里有一批新入党的党员，让他们带头致富，有了更多的带头人，将来就是一大片带头人，李伟亲等一帮新党员不负众望成为致富能手了，李友礼又成功了；第三：启色！新党员，新致富能手培养成村干部，在发展中锻炼，在发展中成长，在发展中前进，如今的李伟亲等人不仅入党了、致富了，而且脱颖而出成了真正的村干部、镇干部了。新的一批村干部诞生了，新的村干部与农民的利益同步，绝对维护农民的利益。"党员就是一面旗帜。""党员在群众眼里一眼能认出来。"李友礼知道，"赚钱要在产业上赚，不能在农民身上榨油"。如今村民群众致富率85%都来自花卉苗木，80%的村里人从事这个产业，让村民富起来腰包鼓起来，致富一方农民，共建小康农村。

李友礼的第二乐章，用了三年的时间，把流坊建成三条花卉苗木产业带，用六年时间把流坊建成为"绿的世界，花的海洋，鸟的王国"生态小康村。李友礼说起了天玉方言：让村民都赚到钱就是硬道理，"有钱大三辈，无钱孙子辈"。方言承载着天玉的历史，方言显露出天玉的霸气。霸气的李友礼带头造福村民，带动其他村落，建造一艘"航母"闯市场，形成市场牵龙头，龙头联基地，基地带农户的紧密型产业化经营模式，正是这种农业产业化经营模式，使天玉的树苗、树种络绎不绝地矗立在吉安市街道、公路、公园、小区院落，成了吉安市有名的"顶级苗木大王"。

李友礼人缘好，不摆老板架子是出了名的。他话为村民说，事为村民干，利为村民谋。免费为村民送优良树苗，培训技术骨干。虎青公路建设，他捐款一万元；他在村里任支书期间，经常开着自己的私家车跑省、市、区，为

村集体争取资金跑项目，从没有报销费用，村民们都说，我们的书记私车公用，到哪里找到一个这样无私奉献的书记。2005 年新建 3.6 千米的人畜饮水渠道（从流坊村东边的半山腰引到流坊全村委各个小组）和新修了 13.5 公里的通村小组公路，安装了光纤电视，小到宣传化肥农药的使用方法，出钱为五保户送煤炭，看病拿药等，他都毫不吝啬。平时，他开车在路上，见有人招手搭车，只要有空座，不管认不认识，他都会停下车来把人搭走。如遇到老人，他还会主动将车停下，扶老人上车。从中可以看出李友礼和当地农民的和谐关系。难怪农民听说他今年当选为全国劳动模范，赴人民大会堂领奖和获奖回来时，村民自发地在村头敲锣打鼓欢送和迎接，大家都高兴地说，劳模该他当，他当之无愧。

他每策划一个创意，他就创下一个奇迹：
花树必有佳境，集赏景达情为一体，把树林
变为花的世界、鸟的天堂、农村旅游观光园

树木，正成为天玉产业化的龙头产品。花卉，已成为天玉老百姓的一棵摇钱树。

天玉在变绿，城市在变绿，村民在变富。自创办景天有限公司和推行公司+基地+农户的产业化合作联结模式以来，目前已辐射引领全市数百家从事花卉苗木种植、规划、施工的园林企业。李友礼通过提高对天然植物认知程度，发挥农村的中介组织作用，提高了树木的品质，降低了交易成本和市场风险，在重构农民与公司的关系的同时，也重建了产业价值链中的各个环节和相关方面的利益关系。农民通过角色的转换，既增强了市场经济的意识，也大大提高了抗风险能力，又稳定了生产需求。现在，天玉林木观光园处处都是，交通变畅，农民的居住环境改善、生活质量提高，有的村民原来住的是烂房子，这些年不但修起了新房，家用电器也一应俱全，跟城里人差不多。

李友礼的第三乐章，实实在在做出为老百姓的公益事业，这是李友礼遵循的信条。无论何时何地，始终将公司与农民的关系视为鱼和水的关系，把自己与农民视为兄弟关系。并以自己独特的方式扶贫济困。安置家庭困难的村民到公司里工作，不拖欠职工的工资，难怪农民都说："李老板硬是耿直，就是爽快。"以创业促进就业，以个体带群体，以产业反哺农业，大大深化了"破解'三农'"的思路，也为党员创业一方，致富一片，建设社会主义新农村提供了典范。数年来，公司带动周边 1020 余农户参与产业发展，安排 150 人返乡农民工就业，走出了公司+种植大户+农民专业合作社新模式。周围的几个村里，早已没有一个闲人，也早已没有一个穷人。绿树浓荫掩映下，一座座新修的农家院内，不时传来农民欢快的笑声，这笑声荡漾在天玉山脚下，这笑声飞扬在青山绿水间，这笑声传递出农民的富裕安康。

残疾人孙文耀，1960 年出生，患小儿麻痹症，腿脚行走不方便。从 2000 年开始至今，李友礼一直让他在自己的苗木基地就业。有固定的住所、固定的饮食、每月有固定的工资，比正式工还正式工。在李友礼的张罗下，他盖起了一栋 100 平方米的小楼房，二十年如一日的照顾、扶持让他度过了平安无忧的生活。

在天玉，为了实现振兴天玉的"野心"和绿山富民的"大志"，李友礼这匹马一直不停蹄。建设一支公司的科技队伍，高薪聘请省林业厅退休老专家李更新和朱妙常等为技术顾问，聘请江西农大和省林科院 12 名专家现场指导。同时送人外出培训，现有了自己的 23 名科技人才。十余年的努力，打造了一个在全省有影响的农业产业化、观光旅游休闲、乡土人才培养、教育研学拓展以及产业带头人培训基地，公司先后被国家、省、市、区授予中国休闲农业与乡村旅游第二届分会理事单位、全国公司+农户旅游扶贫示范项目、全国精准扶贫示范点、江西省十佳休闲农庄、省级农业精品示范园、省级青年创业示范基地和农业产业化市级龙头企业、吉安市中小学劳动教育实践基地、国防文化教育点、青原区乡土人才培训基地等等。

2015 年 6 月，女儿李丹为法人代表的吉安逸香园现代农业开发有限公司正式挂牌，位于青原区北段的天玉似一颗璀璨的绿色明珠，正以颇有创意的大手笔规划和令人惊异的建设速度，打造以高档花卉苗木的繁育、销售、观光为主，以科普教育、科研示范为辅，融生态旅游和经济发展为一体的 1600 亩大型综合基地，成为天玉人最引人注目和向往的农业旅游观光景区，成为全省花卉苗木及农业产品交易平台和展示平台。自己创新的产品有高秆井冈

蜜柚高位嫁接技术，是全省第一个试验成功并且在全省推广的，深受千家万户的欢迎。从外省引进的"超级女皇"葡萄，品质优、产量高、皮薄肉厚、味道鲜美，在市场上深受客户欢迎。

优势，催生出了农业产业化的强势，李友礼用他超人的胆识和智慧，谱写了一首流坊村的变奏曲，成为产业化发展的一个龙头，造就了吉安市若干个花卉苗木产业的为民创收的龙头企业，成为农民共同富裕的一面旗帜。

太阳无语，却放射出光辉；高山无语，却体现出巍峨。

蓝天无语，却显露出高远；大地无语，却展示出广博。

如此低调，却又如此伟岸。李友礼给人的印象以及李友礼先后获得的各项光荣称号，也是实至名归，光环闪耀。

（刘晓珍）

逐梦阳光

　　2015 年 5 月 4 日，青原区工业园，江西晶昶能科技有限公司厂房奠基仪式上，祝贺花篮的红锦带，在风中猎猎飘扬，舞龙舞狮的咚咚鼓声震耳欲聋，喜气逼人。肖智柏凝神注视大门上他为公司确定的名字"晶昶能"，胸中只涌起八个字："恪守初心，逐梦阳光"。

　　自他 20 岁起，跳出"农门"，走出"国门"，如今再回到"家门"创办江西晶昶能科技公司，他知道，他的命运早在选择做太阳能行业的那一刻就已经注定。"开发太阳能，造福更多人"，这是他确定的企业使命。

一

　　"肖家老二在深圳开公司了！" 2002 年岁末，吉安市青原区天玉镇流坊村里爆出一个热门话题。许多人都暗暗称奇，肖智柏这小伙子，个子不高，其貌不扬，去深圳才短短五年就"混出水"来啦！ 1997 年高考失利后，他毅然决定，要跳出"农门"，到特区去发展。

　　在乡友的介绍下，他来到深圳市某电子公司打工。从普工做到技术员，再到工程师，他努力学习，尽心竭力做好每一件事。踏实诚恳的他获得公司老板的真心赞赏。除做好本职工作之外，他还仔细观察领悟，学习公司管理经验，逐渐摸清了办企业的一些门道。于是，2002 年的春天，他自立门户的心思如同按捺不住的野草蓬勃地生长起来。在家人和乡友们的大力帮助下，

他创办的第一家企业——深圳市星智杰光电有限公司在深圳宝安区正式开业，主要从事电子元件加工、组件等，从此拉开了创业的序幕。

创业之初，没有团队、没有员工、没有厂房、没有资金……一切从零开始。肖智柏身兼数职，既是总经理，也是产品经理，还是质量经理。第一次出货时，为了保证产品万无一失，他连续三天三夜守在生产一线，连续鏖战，终于顺利完成了首张订单。

最难忘的是 2006 年上半年，他得到一个大订单：要赶在德国足球世界杯开赛前，生产出数百万枚荧光胸徽。这是一份价值上千万的订单，而离世界杯开赛只有两个月时间！人手不够，马上招！时间不够，三班倒！他带领 300 多员工，一连赶制了两个月，终于在规定的时间内完成了订单任务，不但赢得了信誉，也获得了可观的收入。

二

2009 年，是肖智柏企业转型的关键一年。

那年，一个偶然的机会，他走出了国门。作为一个"打酱油的"随同者，他陪朋友去非洲谈项目。那是他第一次踏上非洲的土地。他一边考察非洲的风土人情，一边为非洲的贫富差距如此之大而感慨不已。他想，我的企业能否为贫穷的老百姓做些什么呢？能否帮助他们解决用电的问题呢？那时，他就开始留心起太阳能光伏行业。随着对光伏行业了解逐步深入，他敏锐地发现了这个行业的发展前景——有高科技和成长性，又能减少碳排量，有利于环境，造福后代子孙，值得去做。于是，他便决定要终身坚守去做这项有意义的工作。

2009 年下半年，他创办了深圳市晶昶能新能源科技有限公司，专门从事研发和生产太阳能板、太阳能发电安装及太阳能原材料贸易。他清楚地知道，太阳能的产业链很长，上游是晶体硅制造业；中游是太阳能电池片，电池片还要经过一整套的封装工艺组装成"太阳电池组件"；下游则是太阳能设备商。如果要保持竞争优势，就需要自行构建起上、中、下游完整的产业链。而刚起步的他理性客观分析公司的现状和未来，审慎制定公司发展战略，稳步扎实推进各项业务。

他利用半年时间，跑了欧美 15 个国家，考察调研了整个行业的国际市场。经过考量，他把自己初期的主要业务范围放在了非洲市场。为了使自己的产品能使当地人容易接受，他亲自带领研发团队调研当地的环境气候、人们的生活习惯、对产品的期望值等。待一个调研周期结束，他和研发团队的同事都晒成了"非洲人"。打开了非洲市场后，他又逐步开拓其他国家市场。目前，全球已有超 50 个国家都用上了他的产品，为数万户家庭提供了供电方案。这些家庭，只要花两千多元，就能够购买一套太阳能智慧储能系统，解决小家电的用电问题，过上现代化生活。

参观过深圳市晶昶能新能源科技有限公司办公楼的人，都对其挂满了专利证书的一面墙印象颇深。在这一面"专利墙"上，挂着晶昶能自主拥有的多个国家级专利证书，其中有 2 项发明专利、13 项实用新型专利、3 项外观专利、1 项软件著作权，还有多项发明专利正在申请中。这些高新技术，是让晶昶能迅速稳步发展的重要支撑。为此，肖智柏颇引以为自豪。

相对于其他同行业来说，他在专业领域的基础相对薄弱。因此，他每年都会提前规划出一笔资金，用于企业研发和自己学习进修。在研发上，他花重金招揽了一大批太阳能新能源开发领域的专业人才和一批业界高级技术人才。他每年投入数百万元资金，开发自己的"王炸"产品。而他也不断充实自己，特别是不断学习有关光伏产业、金融信托、管理等方面的知识。通过不懈努力地学习，他获得了美国斯坦瑞大学 MBA 硕士证书。他的企业因技术含量大、成果多，因而被工信部授予"智能光伏示范企业"，而江西仅有两家。2015 年还荣获国家高新技术企业称号，并通过 CQC、领跑者认证。2022 年，"江西晶昶能科技公司"被中电投正式列为供应商，在江西，也仅两家。

三

肖智柏的事业越做越大。深圳的厂房已经不能满足他业务的需求。往哪里去开疆拓土呢？2012 年，肖智柏接过家乡吉安市青原区伸过来的橄榄枝，在河东工业园购买了 50 亩土地，以创办实业的实际行动回馈故土家园，报答父老乡亲。他成立江西晶昶能科技有限公司，注册资金 2000 万元。2013 年 4

月，公司正式投产运营。此后，两地公司的侧重点便有了不同：深圳公司以研发和销售为主，江西公司则以生产制造为主。企业投产后订单纷至沓来：2013年8月，公司被选为吉安市第一批万家屋顶光伏发电示范工程代理服务商；同年12月，获得市行政中心屋顶1.4MWP分布式光伏发电示范项目。为扩大产能，2014年底，肖智柏又将濒临破产的"吉安翊富新能源科技有限公司"并购，从而使壮大后的江西晶昶能科技有限公司成了赣中最大的光伏生产基地。除了制造多、单晶硅太阳能电池板、太阳能光伏组件、太阳能发电储能系统，晶昶能还生产太阳能LED灯系列产品，其他日用系列产品。例如太阳能的手机数码充电器、太阳能双肩背包、太阳能手电筒、太阳能玩具、手提式太阳能移动电源等，这些与百姓生活息息相关的应用系列，在市场上取得了不俗的成绩，也获得了良好的口碑。与此同时，晶昶能还在民用和商用屋顶电站、光伏农业等领域的市场进行探索。他们利用光伏板下的土地，因地制宜种植蔬菜、中草药等，大力推广"公司+合作社+农户"的利益链接机制，实现"一地多用"，经济效益和生态效益相得益彰。

在家乡，肖智柏更加积极地投身于脱贫攻坚行动和慈善公益活动。他成立吉安绿滋源农业科技有限公司，开展光伏农业大棚扶贫项目。公司在农业设施领域推出的应用解决方案，综合考虑了现有农业设施特点，在材料、空间利用率、单位面积产出值、发电率以及成本上都具有强大的优势。2018年，项目实现了并网发电，参与项目的90户建档立卡贫困户每年每户增收3000元，把村里的贫困户们高兴得合不拢嘴。天玉镇敬老院的老人们都记得，肖智柏把敬老院陈旧不堪的家具、设备全部进行了更新，让老人们居住的环境变得舒适温馨。他给青海玉树灾区捐赠了100套太阳能照明系统，给新疆伊犁州霍城县边远无电乡村捐赠了50套家用发电系统，当地新闻媒体要给他对外宣传时，他总是憨厚地笑着拒绝，说这是企业应尽的一点社会责任。

晶昶能，向阳而生，逐梦前行。面对全球"碳中和、碳达峰"的时代大潮，肖智柏和他的"晶昶能"将恪守初心，勇立潮头，立足技术开发，强化品质服务，稳健增长，为地球绿色发展和人类美好生活贡献力量！

（蔡玫）

永安创业曲

天玉是有灵气的，不只是因为天玉山上的梵音缭绕，香客如云，还因为滔滔赣江水浸润着天玉冰清玉洁的气质，京九铁路和 105 国道像两条日夜奔流的动脉，使天玉大地时刻充盈着一往无前的气概。天玉的灵气不只来自千百年来的悠悠古韵，更来自海纳百川的博大胸襟，临江古窑的窑火，曾经吸引了南来北往的商船，使赣江边的古渡口舟船云集，帆影不绝。进入改革开放的新时代，天玉更是以敢为天下先的气魄，书写了旧貌变新颜的新篇章。

2007 年青原区新工业园落户天玉。一时之间，厂商纷至沓来，建筑工地一派繁忙。永安交通就在继往开来的时刻与天玉迎面相遇，于是便有了地灵人杰一相逢，便演绎了精彩无数的胜景。

自入驻新工业园区以来，永安交通的业绩可谓是芝麻开花节节高，在全国许多省市设立了分公司；近几年又相继开发了白云湖康养民宿旅游项目，成立了永钢热镀锌有限公司，成为全国交通设施行业有影响力的企业。

谈起永安集团创业的发展史，集团董事长徐岩溪先生动情地说："我们集团是在青原区成长发展起来的，是青原这方红色沃土养育了我们，我们要不忘初心回馈青原，回报社会。"随着谈话的深入，徐董把我们的思绪带回了那难忘的岁月。

1970 年 9 月，徐董出生于浙江省永康市舟山镇石塘徐村，在那艰苦的年代，就像大多数中国农村家庭一样，几亩薄田不足养活一家八口人，徐董的父亲只好到江西找活挣钱养家，母亲除了带孩子们下地干活，常在家里做香

拿到集市去卖，换几个钱贴补家用，这种半饥半饱的生活，使得年幼的徐岩溪品尝到了生活的艰辛。站在家宅的山坡上，望着远处掩映在苍茫暮色中的石头山，他在心中暗暗下决心，要学好本事，让父母家人过上好的生活。

从上学开始，他就利用课余时间自赚学费，常和姐姐一起到水塘、小溪里摸田螺，1分钱一斤，居然也能攒足学费，从一年级到初一，他没向家里要过一分钱学费。他从小跟着父亲习武，练就一身好功夫，幻想着用武功保护家人不受欺负，但天有不测风云，家中房屋先后两次被烧，幸得乡亲们的接济，才得以渡过难关，而年幼的他因无处可居，只好寄居于大队的猪圈里。母亲总教导他得到别人的帮助，要懂得回报，这是做人的道理，在他年幼的心灵播下了知恩图报的种子。刚读初一，年仅14岁的他为了减轻家庭的负担，只身前往离家不远的采石场学打石头，步入了他走向社会的第一站。在这里，他内心压抑已久的帮助家人改变命运的潜能得到释放，他在上百个石匠的擂台赛中勇夺第一。三哥娶媳妇拿不出礼金，他把一星期日夜苦干赚的礼金交给哥哥。为了实现心中的梦想，他开武馆、养蜜蜂、做销售，却都无功而返。尽管如此，他并未放弃自己的追求，他只是在聚集能量，等待着一次石破天惊的大爆发。

2001年，刚过而立之年的徐岩溪怀揣五千元钱，和堂弟一起踏上了吉安的寻梦之旅，那时的他还不知道，他飞踏着浙江先贤王阳明的足迹，走近一片被光明和丹心所泽被的土地，践行着明心即理，知行合一的理论，他只知道用从小在父母身上感悟到的与人为善的道理，去对待客户，尽管这与心学有天壤之别，但这颗善的种子，一经被内心的自觉观照所唤醒，就会迸发出强大的精神力量，改变自我，改变事业。

说是到吉安跑营销，其实就是背包里放了一本商品推销目录。那时候的浙江小商品已经很发达，家庭工厂遍地开花，只要外地有客户，一个电话，货源即到。那是一个阳光明媚的下午，两人兴致勃勃地来到某交通部门，从宽敞的大厅进入电梯后，跟着进来一个人，徐岩溪一看对方像是领导模样，微笑着问"请问领导上几楼"，领导答曰："五楼"，就随手按了一下按键，领导问道："听口音像是浙江人"，"是的，到这里推销点产品"。简短的交谈后，领导随口一说"等一下到办公室坐坐"，随后下了电梯，徐岩溪把头探出电梯门，记住了领导的办公室，到相关部门办完事后，就到领导办公室拜访，介绍了自己的经营业务。二十天后，领导电话来了，有一批交通标志牌业务交给他们做，两人兴奋不已。

一个随手按键的动作，一次礼节性的拜访，催生了永安交通的诞生，成了永安交通发展的源头，他们决定创立标牌工贸有限公司。创立之初，资金短缺，所有的事情都是自己亲手干，连搬运工都舍不得请，外出洽谈业务，口袋里都放着两包烟，差的自己抽，好的发给客人，有时掏错了口袋，差的烟拿出来了，赶紧缩回去，尴尬不已。当时他们开着一辆破旧的桑塔纳，在全省各地跑业务，请起客来眼睛都不眨一下，自己单独吃时都是叫几元钱的快餐，光盒饭就吃了几百个。有一次请客吃饭，送客后结账一摸口袋傻眼了，钱不够，赶紧叫朋友送点钱来才结了账。功夫不负有心人，由于产品质量好，施工雷厉风行，诚实守信，公司的业务逐渐扩大，产品也从最初的标志牌，标线涂料逐步扩大到交通信号灯，电子警察等领域，在行业内具有一定的知名度。2007年公司落户青原区新工业园后，公司的业务步入了快速发展的轨道。

诚信是永安交通生存和发展的立身之本，这一精神，不仅熔铸于永安人的血脉中，也体现在每一个项目的实施过程中。在新余市的一个道路标志牌项目中，由于遭遇极端恶劣的雷暴天气，大风把刚安装不久的标志牌刮得掉落的掉落，歪斜的歪斜，巡查工地的人发现后，立即上报，公司立即启动应急预案，施工队伍迅即出动，把损坏的设施全部更换修复，避免了因交通设施损坏而带来的安全风险，业主事后才知道，对永安交通这种诚信敬业的精神给予了高度评价。

还有市区某路段紧急施划道路标线项目，要求三天之内完工，根据核算规定时间内很难完成，且基本无利润，没有一家公司接这个项目，徐董不假思索地说"我们上"，立即把外地的施工队伍连夜调回来，管理人员全部拉上去，奋战三天三夜，圆满完成了业主规定的任务，正是因为拥有这样一支敢打硬仗，敢于付出的队伍，永安交通才能在激烈的市场竞争中脱颖而出，不断做大做强。

对于传统产业来说，如何在新技术革命的浪潮中站稳脚跟，勇立潮头，是一个企业能否持续发展的关键，科技创新也是企业绕不开的一道门槛。早

在 2010 年，公司就已成立了自己的科研团队，加大了科研经费的投入，并取得了很好的成果，从 22 路—44 路交通信号控制机，到智能交通信号控制机，永安交通紧跟国内同行业高技术步伐，获得省知识产权局颁发的"专利过百"企业称号。但是由于地域及人才的限制，永安交通的科技水平与沿海发达地区还有很大的差距，人才进不来，信息不及时不通畅，成为科技发展的又一瓶颈。古人云"一不息为体，以日新为道"，在科技发展日新月异的今天，停滞就意味着被淘汰，要想突出重围，就必须有惊人的胆识和谋略，去融入新技术革命的浪潮。在 2021 年永安集团成立了深圳岩溪科技有限公司，依托深圳市的技术和人才优势，致力于打造国内一流的交通产品研发企业，从此永安交通的发展又迈向了一个更高的新台阶。

今天的永安，已经发展成为一家综合性的企业集团，十四家分公司遍及祖国大江南北，在高速公路、国道、省道、乡道上，到处都有永安施工队忙碌的身影。红绿灯闪耀在城市的夜空，引导着滚滚车流有序奔流；道路标线永无止境地向远方延伸，仿佛一条追梦的巨龙永不停歇；标志牌巍然挺立，像道路的卫兵一样，日夜守护着车流的安全；电子警察目光如炬，令越线者无处遁形，每年交通事故率不断下降，就是永安人的报春喜讯。他们以道路交通安全的守护神为荣，以心筑道，以心载道，用心灯点亮永安交通的前行之路。

在井开区富滩园区，永钢热镀锌厂现代化厂房拔地而起，顺利投产国内一流的环保设备，智能化的控制系统，令同类企业无出其右。

在白云湖，永安集团以阳明先生的心学思想为文化依托，坚持人与自然和谐共生的绿色发展理念，以实际行动践行"绿水青山就是金山银山"的两山理论，精心打造白云湖民宿康养文旅项目，使这块红色的土地焕发了勃勃生机。

登临天玉山，俯瞰吉泰大地，奔涌北去的滔滔赣江，淘尽了多少世态冷暖，人间沧桑。铅华洗尽，天玉就像一位身材修长质朴清丽的仙女，在新时代的大舞台上，妙曼生姿；天玉大地绿色葱茏，政通人和，百业兴旺。永安交通，在天玉的怀抱里寻梦、逐梦，也将伴随天玉经济社会的全面发展而圆梦。

（张小江）

天之玉
Chapter
06

民 物 风 俗

唢呐声声遍天玉

春节期间，行走在天玉乡间，耳畔锣鼓唢呐声此起彼伏，营造着欢乐祥和的农村新景象。

这是天玉锣鼓唢呐。天玉镇只有七个行政村，陈家村的徐家、林家，太芜村的张家、上曾家、罗家、胡家、谢家，地陇下村的肖家、马家，春和村的李家，塘下村的刘家、山背等十多支锣鼓唢呐队，会吹打的竟有上百号人，你方唱罢我登台，锣、鼓、铙、钹齐鸣，高亢的唢呐声异军突起，好不热闹。2005 年 9 月 27 日，青原区正气广场落成庆典，各乡镇的九龙闹海，天玉锣鼓唢呐乐声喧天，昂扬起文天祥的浩然正气，并为国庆、中秋双节活动拉开帷幕。

锣鼓与唢呐匹配，是民间乐奏中绝好搭档。天玉锣鼓唢呐，自唐宋时起，传承千年不衰，具有广泛的群众性和深厚的文化积淀。在各种时令节气、红白喜事、朝神庙会、庆典盛会、文娱演出等官方、民间活动中，无不有他们的身影呈现。

天玉锣鼓经主要有急急风、长锤、火炮、四击头等十多个套路；而唢呐曲牌则更丰富，如风入松、千秋岁、四孟子、将军令、得胜令、大开门、闹京街、闹五更、朝天子、柳青娘、二凡、双棋盘、卖花线、下山虎、粉蝶、九腔等，有单曲有套曲，连接的套曲可以演奏几个时辰；同时也采录部分民间小调和戏曲段子，如孟姜女、送郎、珠子打花、采桑、采茶等。根据不同的场合，选择适当的曲目，喜庆事要营造热烈欢快氛围，多用朝天子、状元游街、双如意、喜迎鹰、迎亲曲、园林好、牡丹调；白喜事、祭祀、宗教活动则要营造悲怆、凄婉、清冷氛围，多用泪珠儿、哭长城、别故乡、孝当先。

为了适应新的时代节奏，传统曲目已经不能适应现代生活，现在的政治、经济、文化活动更加广泛，比如国庆、五一、七一、八一等纪念节日，社会团体的文化活动增多了，如开业剪彩、送青年参军、表彰模范先进、乔迁新居、祝寿庆生等喜事接连，群众文化需求在日益提高，因此除传统曲牌外，吸收了更多人民群众喜爱的革命歌曲（红歌）、百唱不厌的流行歌曲。比如：红歌十送红军、红米饭南瓜汤、三大纪律八项注意、南泥湾、大刀进行曲、志愿军战歌、东方红、没有共产党就没有新中国、江西是个好地方、社会主义好、北京有个金太阳、打靶归来、井冈山上太阳红等。改革开放以来广泛流行于群众中的常回家看看、爱的奉献、妈妈的吻、辣妹子、走进新时代等。还有更多戏曲、舞曲、民歌，如电影歌曲刘三姐、黄梅戏天仙配、花鼓戏刘海砍樵、采茶舞曲、十月对花、四季歌、采茶扑蝶。这些群众喜闻乐见、人人会唱的歌曲，融合到了人民群众的日常生活，大家听了，倍感亲切。一种艺术形式能在群众中长时间地广为流传，它一定是接地气的优秀作品。

锣鼓唢呐合奏，编制一般为六人，鼓、大锣、小锣、钹各一人，唢呐二人。全组合以鼓手为指挥，演奏的快捷、徐缓、高扬、沉抑，全听打鼓佬的鼓点；而唢呐一响起，整个乐队则要围绕乐曲的节奏来烘托气氛。传统民间锣鼓记谱向来是用文字，鼓的双击为龙冬、滚击为都，单击边鼓为搭；大锣为仓，小锣为台；钹为七，闷击为朴。组合起来便成了"龙冬搭搭搭台仓一七仓"，师傅教学时，他一句一句念，徒弟一句一句背，熟记他的声调节奏。唢呐曲谱则用工尺谱，以简谱对照工尺谱相应的字，1上、2尺、3工、4凡、5六、6五、7乙。高八度则在原字上加亻旁，反之，低八度则在原字右下方划一撇。传统曲谱都是要念（因此叫经），要熟记于胸，所以传承不简单。好在近些年来唢呐曲目改革，引进许多新的流行音乐，开始使用简谱记谱，旋律节奏声调在曲谱上记得准确简单，让教者学者皆变得容易多了。

天玉镇已被有关部门授予"唢呐之乡"称号，天玉锣鼓唢呐也将成为青原区非物质文化遗产，这些荣誉是对天玉锣鼓唢呐技艺的肯定和鼓励。接下来便是如何将这一民间艺术瑰宝永远传承下去。必须看到目前乡村的实际是

青壮年逐渐减少，而且他们也在忙于生活，此一忧也；锣鼓唢呐技艺的传承人普遍年龄偏大，年富力强、具有传帮带能力的人才稀缺，此二忧也。然而有了广大群众的支持，有了各级领导的重视，有了一批倾心热爱艺术的发烧友，非物质文化遗产天玉锣鼓唢呐——这块天玉之玉总会永远绽放耀眼的光芒。

（周林）

吹奏人生悲喜剧

　　每每到天玉，在乡间小路上，总能听见或悲或喜的乐声，其中最使我印象深刻的是唢呐声。

　　唢呐声声，只要用心倾听，便能听出唢呐声拟人笑还是摹人哭。一个曲牌中，曲调或低沉如泣如诉，或悠扬欢天喜地。任其他乐器声音嘈杂一片，可唯独这唢呐声是鹤立鸡群的，众多乐声中遗世独立。

　　天玉唢呐历史悠久，已不可考，但唢呐的吹奏在这里却能传承不绝，只知每个村庄里都有唢呐师傅，乡间更是有唢呐班子和草台班子，共同在红白喜事中搭台唱戏，或为新婚者歌颂，祈愿新婚生活的美好；或告慰亡者，祈愿世间再无生离死别。宋以来，天玉唢呐便在这片土地上见证人世间的悲欢离合，明清时期更是名声在外，响彻一方。学子赴京参加科考，再到官员赴任，都有着天玉唢呐班子的身影。

　　天玉镇的唢呐不但保留了浓郁的江南韵调，而且在古代"工尺谱"的基础上推陈出新，将一些曲牌改成了简谱，这就为学吹唢呐的后生扫除了背"工尺谱"的障碍。

　　在这里做学徒，更是规矩严格。天玉镇代代相传的"牌字谱"和"工尺谱"为"上、尺、工、凡、五、六、乙"七声调式，曲牌种类有一百多首，如丧事有《柳青杨》《闹京街》《九龙鼓》等；喜庆事有《大开门》《小开门》《吉三匡青》《风入松》《千秋岁青》《四大锦》《将军令》《朝元歌》《京八板》等。弟子拜师时，必须先拜"唐朝敕封青原大帝位"，上书"上天风

流主，人间快乐神，鼓板先师，音乐童子"，然后才向师傅行叩拜大礼。演奏时，可独奏也可合奏，配以锣鼓镲，很是震人心弦。技高者能循环呼吸，即鼻口同时进气和吹气，不间断地吹奏半个小时。唢呐与锣、鼓、钹等配成一套，它们之间相互配合形成一定的曲调。曲牌的选择由不同的场景决定。村子里办红白喜事都要叫上乐队吹打一番。办红喜事时用的曲牌听起来很热闹很喜庆，节奏也很明快，从头到尾都透着一个"乐"字。办白喜事时用的曲牌听起来很悲伤，如诉如泣，节奏沉重而缓慢，听着听着会使人悲从中来。

据天玉流坊的老人说，当年红军攻进吉安城时，当地的百姓为迎接红军进城，临江、河东的老表自发组织过几十人的唢呐与锣鼓队载歌载舞欢迎红军进城，深得水东区委领导的赞赏。时至今日，一些年长的老人依然对此记忆犹新。

在天玉镇，一个唢呐班子由四人或者六人组成，取其好事成双之意。一般而言小唢呐、中唢呐、大唢呐用得较多，新中国成立后才开始用加键唢呐。这里最难的便是小唢呐的吹奏，一个学徒需要将近三年的时间才能入门，因小唢呐声音音调高，且音色丰富，是整场节目中的领头班子。

一般而言，小唢呐起头，为整个曲牌节目奠定基础，其他的唢呐师傅如中唢呐、大唢呐便伴奏，天地间在这一刻寂静无声，高昂与婉转，悲伤或喜庆，仿佛在倾诉满腔的情绪。我一时惊了，恍惚间看见一个人的一生如跑马灯一般一一闪现。

在白事的唢呐声里，云淡风轻，万物都寻到了原本的去处。尘归尘，土归土，从哪里来便到哪里去。一曲终了，除了些许遗憾，还有一点对故人的怀念外，虽有寄托哀思的深情，但这个时候的人，都有一种格外轻松的表情，一种如释重负的自然，喝酒的、打牌的、看电视的、拉关系的、商量人际问题的。大家各自都带着不同的目的和心情，云集到故人的现场，一个人诞生时，喜庆乐天，一个人故去时，欢天喜地，这也许就是人生。

细细听这些唢呐声，有被困难吓倒的慌乱，有对梦想的追随，有对生活的努力，有对未来的迷茫，这正像我们的人生，悲欢离合、荣辱兴衰都在这一曲终了时寻到了答案。

这些大开大合，俗到骨子里的曲牌，如同在这片土地上的人们，他们生于平凡，归于平凡，略有遗憾，却也几近圆满。可正因为俗到骨子里的味道，让人感到一丝亲切。每每听到这唢呐声，我便想到老家过年时，总有一支"乐队"，他们拿着锣、鼓、唢呐，挨家挨户地去演奏，虽然技艺不高，人们却十分高兴，张灯结彩，好不热闹。

在唢呐声中，悲痛的人们送走逝去的至亲；也是在唢呐声中，把这块热土上的男女迎送到洞房；还是在唢呐声中，人们给他人送锦旗，庆祝儿女满月、乔迁新居……独特的声音回荡在这片深情的土地，滋润着众人的心田。

现如今，天玉镇更是以"锣鼓敲起来，歌声唱起来"为抓手，以讲好青原红色故事、传承红色基因为纲要，充分发挥天玉镇农民剧团的积极作用，支持农民剧团在村社搭台唱戏，开展文化惠民活动。老远就能听到唢呐阵阵、京胡悠悠，演出现场喝彩声、鼓掌声此起彼伏，社区内充满了欢快的氛围。

文化惠民进万家活动更是得到了当地百姓的认可，通过文艺巡演形式深入基层，让群众在家门口就能感受文化的熏陶。活动的开展既密切了党群关系，又提高了村民的综合素质，对营造文明、和谐的乡村文化氛围，推进移风易俗，助力乡村振兴起到了重要作用。天玉唢呐更是在新时代中找到了自己发展的道路，为接下来的申遗工作奠定了坚实基础。

（郭伟）

筋道可口的油豆腐

味蕾对美食是有记忆的。采访天玉镇邱家炸油豆腐的"老师傅"涂明华时，我的味蕾禁不住又回到那香喷喷、软绵绵的记忆中来。

天玉油豆腐在我们那一带很有名，逢年过节，父亲必定要走上十来里路，到天玉的圩镇上买回来几斤天玉油豆腐，即使再贵也愿意"奢侈"一回。

小时候，家里条件并不好，但就是白米饭就着素炒油豆腐，那香香的、软软的油豆腐，一口下去，汁水四溢，味道也美极了。记得有一年冬天，许久没打牙祭的我们嚷着要吃油豆腐腊肉火锅。刚发工资的父亲也大方了一回，骑着自行车去天玉圩上买回一斤油豆腐。一家人围着煤球炉，上面架上大锅，锅里放入老腊肉、油豆腐、包菜、萝卜片。这顿无与伦比美味的火锅，让我硬扒拉了三大碗饭，撑得我抱住肚子一直喊"哎哟哎哟……"

在那个缺吃少穿的年代，能吃上油豆腐可不容易。油豆腐可以算得上是高端的食材，村民要想吃上一斤油豆腐，必须用一斤黄豆来换，同时还要提溜着一两半菜籽油，外加一角五分钱才能买到。县里乡里也只有在开三级干部大会时，才潇洒地让老岸村人用箩筐挑着油豆腐去送货。

涂明华是天玉邱家老岸村人，说老岸村是天玉镇豆腐村一点不为过。从他记事起，他们村就是专做水豆腐和油豆腐的村子。那时，老岸村还是大集体，做豆腐是村里的主业之一。据他回忆，村里那时有十多架做豆腐的石磨，一架磨就是一个豆腐生产小组，每个小组有6、7人，3人负责推磨、一人负责摇浆、一人负责点卤，连挑水也有人专门负责。逢年过节，村里做豆腐的场面蔚为壮观，整个村庄上空都是袅袅炊烟，可谓是"远山雨雾淡，近村炊烟浓"。

要想炸出好的油豆腐，首先要完成的是制作豆腐。涂明华告诉我，过去制作豆腐的黄豆都是本地产的大黄豆，因为本地的黄豆浆水好，出浆率高，一斤豆子可以做成一斤三四两豆腐。那时夏收之后，除掉留下口粮田和冬天酿酒要种的糯谷田外，大部分旱地都会种上黄豆。

将豆子变成油豆腐，工序复杂。要经过泡豆、磨浆、冲浆、滤渣、熬煮、点卤、塑形、油炸等工序。将豆子浸泡一个晚上，就可以磨浆了。在石磨边，一人推磨，一人用匙喂泡豆。豆汁顺着磨槽汩汩流淌，从磨嘴滴落到下方的桶里。磨完豆子，把豆浆拎回来，倒进锅里，放一锅水，大火烧煮。水开后，用一块纱兜过滤，滤过纱兜的汁，用石膏水点卤，凝固后再倒进纱兜，扎紧，放在案板上，上面压块重物，水滤干后，打开纱布，就看到白花花的豆腐了。

点卤是做豆腐最精妙的步骤，俗话说"卤水点豆腐，充不得老师傅"。点卤水时要准确把握豆浆的温度，80~90摄氏度之间最合适。点卤水完全凭经验，卤水放多放少完全靠多年心得，一般是10斤黄豆兑150克石膏水。如果点的石膏水少了，豆腐结晶就不会那么严密，吃起来虽然口感好，但不筋道。石膏水放得太多，做出来的豆腐就会发苦。

手工做豆腐，用柴火灶炸制，用本地菜籽油，是天玉油豆腐享誉四方的"三宝"。做好的豆腐，将其切成小方块，长宽三公分左右，倒入清水浸泡备用。

为了使炸好的油豆腐不会塌陷压瘪，涂明华夫妇一般都是凌晨三四点钟起床。起锅生火，倒入菜籽油，等油温升至80摄氏度，快速将豆腐小方块倒入。为了不使豆腐块粘成坨，要小心地用锅铲搅动。随着时间一秒一秒过去，沉在锅底的豆腐慢慢浮起，颜色也由白变黄，体积逐渐膨胀。炸熟后的油豆腐，足有原来的两三倍大小，表面金黄，里面水嫩，一口咬下去，既有棉花般的松软，又有油饼的酥香。

天玉油豆腐出锅即能食用，黄澄澄、香喷喷、软绵绵的油豆腐，以其高贵的身份被端到寻常百姓的餐桌上。煎炸烧烩煨、熘烹焖炖蒸，无论以什么样的方式出现，天玉油豆腐都是满满的乡愁味道。

（欧阳跃亲）

软糯香滑的红芽芋荷

粉蒸肉是吉安的一道经典菜肴。根据清代诗人袁枚《随园食单》"用精肥参半之肉，炒米粉黄色"精心制作的粉蒸肉，糯而清香，酥而爽口，嫩而不糜。

吉安粉蒸肉能够成为经典，离不开粉蒸肉下的垫料——芋荷。咬一口软糯酥嫩的粉蒸肉，再吃一口软糯香滑的芋荷，荤素完美的交融让味蕾享受着生活的美好。

芋荷虽然土气十足，却深受文人青睐。诗圣杜甫曾咏曰："锦里先生乌角巾，园收芋粟未全贫。"南宋诗人陆游《闭户》云："地炉枯叶夜煨芋，竹览寒泉晨灌蔬"，并说其味"烹粟煨芋魁，味美敌熊蹯"可与熊掌媲美。

要问吉安芋荷哪里的最好，非青原区天玉镇莫属。据平湖村老村支书张世彬介绍，明清以来，天玉就有种植芋荷的习俗。60年代初，三年困难时期，天玉镇的老百姓更是靠着既可当粮又可为菜的芋荷，扛过了那些艰苦的日子。

今年77岁的刘吉裕是天玉镇流坊汶上村人，说起村里种芋荷的历史更是感同身受。收获芋荷的季节，那时才几岁的他天天跟屁虫似的随着父亲，父亲挖芋荷，他就把芋荷捡进箩筐。长大后，他才知道，自己的村庄是闻名七里八乡的"芋头村"，家家户户都种芋荷，他也成了种植芋荷的"老把式"。

他告诉我，汶上村的芋荷之所以广受欢迎、口碑极好，关键在于村里优越的种植条件，水好土好品种好。

汶上村是一个小山村，村子的上游是蛇坑水库和龙形水库，丰富的水资源保障了喜水的芋荠的发育生长。村里的菜地土质为白土带沙，让长成的芋荠光滑而疏松，口感绵糯松嫩。而品种的提升更是让汶上芋荠香飘万家。

过去，天玉镇种植的都是本地芋荠，突出的特点就是芋荠尾部都拖着长长的老鼠尾巴。直至 1995 年，原任平湖支部书记的张世彬从《江西日报》上看到一篇文章，文章介绍了上饶市铅山县正在大面积扩种一种优质芋荠，学名叫"红芽芋荠"，这种芋荠个头大而圆，产量高，而且口味好，抗病虫害能力强。于是他不辞辛苦，从那里引进了该品种到平湖。这可真是"赵云大战长坂坡"，"红芽芋荠"落户种植条件优越的平湖后，大显神威，很快成为老百姓致富的"拳头产品"，大大提高了村民的经济收入。天玉镇汶上、张家、罗家、上曾家、林家都成了"红芽芋荠"的根据地，有的大户种植面积甚至超过百亩。

种植芋荠，看似简单，实则很有讲究。芋荠忌霜，却喜温暖湿润气候，所以种植芋荠一般在当地霜冻结束，天气回暖湿润后进行，过早则容易造成烂根。芋荠生长期，块茎在 13～15 摄氏度以上才能发芽，而阳春三月就是最合适的季节。

芋荠栽种前首先要把地精细整好，由于芋荠根系分布深，田地应选择保肥、保水力强、土层深厚、肥沃疏松、排灌方便的田地。

庄稼一枝花，全靠粪当家。天玉种植芋荠用的都是农家肥和油菜麸饼。由于种植面积大，自家的牛粪、猪粪、人粪往往不够，村民就得走十多里地进吉安城去"买"。而油菜麸饼，更是让种出来的芋荠香味浓郁。

芋荠苗种植前还要晒种催芽，以保证出苗整齐。在栽种前 15～20 天，将买好贮藏的芋荠先晒 1 到 2 天，然后将芋苗排于田畦内。栽种密度要根据土壤、水肥而定，一般每亩种植 4500～6000 株，采用大小行栽培方式。株距 27～33 厘米，大行距 60 厘米，小行距 30 厘米进行栽种。

老秧田，新芋田。这是天玉镇流传很久的农谚，意思就是第一年栽种了芋荠的田地第二年不能再种芋荠了，如果连年种，第二年会减产 20%～30%。刘吉裕还告诉我，种植芋荠，一定不能用稻草盖田畦，那样容易使田土板结。要用山上的芦毛，那样才能保持田土透气，疏松，芋荠才能长得个头多而大。

谁说种田不需要文化，从刘吉裕口中说出的这些道道，就是民以食为天

的农耕文化，让我这个乡下长大的机关干部也佩服不已。

买芋芃，就要买天玉的红芽芋芃。这是老一辈吉安人认的"死理"，就如同买萝卜就要买水东萝卜一样。因为地方不同，特产不同。天玉的红芽芋芃就是这样，靠着"粉绵嫩"优越特质，征服了吉安城和十里八乡百姓的味蕾。

（欧阳跃亲）

天玉镇沿革概述

　　天玉镇地处赣江之滨，国家 4A 级景区青原山风景区与之毗邻，北与吉水文峰镇相接，南与河东街道相邻，西临赣江，东与富滩接壤。105 国道、新井冈山大桥、京九铁路穿境而过，全镇面积 31.7 平方公里，耕地面积 515 公顷，辖 7 个村委会，1 个社区居委会，97 个村小组，中学 1 所、小学 7 所，卫生院 1 所，总人口 17726 人。

　　天玉镇隶属吉安市中心城区，为青原区的"北大门"，地处吉泰走廊中心地带，井冈山经济开发区青原产业园（吉安河东经济开发区）坐落其境内。因境内道教名山天玉山而得名，为明朝状元、文渊阁大学士胡广故里，南宋名窑——临江古窑所在地。

　　天玉古属吉水县，为中鹄乡的一部分。民国二十年（1931）实行保甲制分平湖乡、砖门乡。1949—1954 年上半年平湖乡、砖门乡归属吉水县文峰区。1954—1955 年分为临江乡、平湖乡、砖门乡属吉水县第一区。1956—1957 年撤区并乡后并为平湖乡。1958 年改为临江公社。1961 年分为临江、平湖两个公社，驻地分别为邱家和林家。1972—1983 年复为临江公社。1984 年改为天玉乡辖岭上、桥上、塘尾、平湖、春和、田心、临江、邱家、砖门、低坪、玉山 11 个村委会。1987 年 5 月 1 日天玉乡划归县级吉安市管辖，砖门、低坪、玉山 3 个村委会划归吉水县文峰镇。1993 年 11 月 17 日改为天玉镇。2001 年归属吉安市青原区管辖。现辖岭上、桥上、流坊、塘尾、平湖、田心、邱家村委会和临江社区居委会。

后　记

　　天玉位于吉安市中心城区青原区北大门，为明朝状元胡广故里，与"山川第一江西景"禅宗七祖道场青原山相毗邻，辖有南宋瑰宝临江古窑遗址、道教名山天玉山、自然胜景铜壶滴漏、"年关暴动"旧址芭茅坑等，自然景观壮美，人文历史厚重。

　　为展示天玉辖区千年人文风貌，存续历史文脉，颂扬奋斗精神，天玉镇党委政府与文天祥文化研究会联合组织了《天之玉》一书编纂，邀请了十余位省市作家、学者及文学爱好者实地采风撰稿，并选辑了明代状元胡广代表性诗文。文稿以散文体裁为主，共分六辑，从不同的文化视角解读天玉的过去及现在，具有一定的文史价值和可读性。

　　书稿由区委常委、副区长、镇党委书记陈嵩选题把关，肖韶光、罗志强、曾宣淦、周承忠负责统筹协调编审，王禄坚、李伟亲、刘晓珍、胡秋林参与编务，各村（社区）党支部、村（居）委会和众多天玉乡贤、辖区企业给予了大力支持，在此一并表达谢意。

《天之玉》编委会

2023 年 9 月